新・剣客春秋

吠える剣狼

鳥羽　亮

幻冬舎時代小説文庫

新・剣客《けんかく》春秋《しゅんじゅう》

吠える剣狼

【主要登場人物】

千坂彦四郎 ❖ 神田豊島町「千坂道場」主。三十がらみ。心優しい美丈夫。

里　美 ❖ 彦四郎の妻。「千坂道場の女剣士」と呼ばれた遣い手。二十代半ば。

花 ❖ 千坂夫妻のひとり娘。七歳。

川島峰之介 ❖ 「千坂道場」師範代。三十代半ば。

林崎源之介 ❖ 岩本町「林崎道場」主。

横川竜之介 ❖ 「林崎道場」師範代。

目次

第一章　柳原通り

1

「花《はな》、打ち込んでこい！」

千坂彦四郎《ちさかひこしろう》が声をかけた。

お花は七歳。あまり身形《みなり》にはかまわない性格で、髪を頭頂で芥子坊《けしぼう》に結う年頃だが、頭部の後ろで束ねているだけである。

「はい！」

お花はエイッ！　という気合を発し、手にした短い木刀を彦四郎の面《めん》にむかって打ち込んだ。幼い女の子としては動作が速い。それに打ち込んだときに体勢が崩れなかった。

彦四郎は手にした木刀を軽く払って、お花の木刀を弾《はじ》いた。そして身を引いて間

を取ると、

「花、いい打ち込みだったぞ。両手でな、茶巾《ちゃきん》を絞るようにして打ち込むともっとよくなる」

彦四郎が笑みを浮かべて言った。

「はい！」

お花はふたたび手にした木刀を中段に構えた。

「さァ、こい！」

彦四郎は青眼《せいがん》に構えをとった。

彦四郎は三十がらみ。神田豊島町《かんだとしまちょう》にある一刀流中西派《いっとうりゅうなかにし》の道場主だが、傲慢《ごうまん》な態度はなく、門弟たちには好かれている。

一方、お花は彦四郎の独り娘で、幼いころから道場を遊び場にして育ったせいか、女ながら剣術好きだった。それで、道場の稽古《けいこ》が終わり、門弟たちがいなくなった後、道場に来て父親の彦四郎に剣術を指南してもらうことがあったのだ。

道場の隅に、お花の母親であり彦四郎の妻でもある里美《さとみ》が立っていた。笑みを浮かべて父と子の稽古の様子を見ている。

里美は二十代半ばだった。母親らしく丸髷を結っていたが、色白の顔には若妻らしい色香が残っている。武家の妻女らしく眉を剃ったり、鉄漿《かね》をつけたりすることを好まなかった。

里美は「千坂道場の女剣士」と呼ばれるほどの遣い手でもあった。その里美と、道場主の彦四郎の間に生まれ育ったお花は、母親の里美とともに道場で竹刀を振ったり、門弟と同じように稽古の真似事をしたりするようになったのだ。

お花は摺《す》り足で彦四郎との間合を狭めると、

「面《めん》!」

という声とともに、ふたたび彦四郎の面に打ち込んだ。

彦四郎はお花の木刀を払わず、顔の前で己の木刀で受けとめた。そのまま動かず、ふたりは鍔《つば》迫《ぜ》り合いのような格好になった。

「花、俺が身を引き、上段に構えたら踏み込んで胴を打つのだぞ」

そう言って彦四郎はお花の木刀を押しざま、一歩身を引いて上段に構えをとった。

彦四郎の胴があくと、すかさずお花は大きく踏み込み、「胴!」と声を上げ、木刀を横に払った。

彦四郎はすばやく木刀を下げてお花の木刀を受けた。さすが道場主だけあって動きが速い。

「花、だいぶ腕を上げたな！　もうすこしで胴を打たれるところだったぞ。もう一度、胴だ」

彦四郎は笑みを浮かべて言い、ふたたび上段に構えた。

そのとき道場の戸口に走り寄る足音がし、入り口の板戸が開いた。そして、ふたりの若者が顔を出した。千坂道場の門弟の柴田《しばた》政之助《まさのすけ》と原島裕介《はらしまゆうすけ》である。ふたりは半刻《はんとき》（一時間）ほど前、稽古を終えて道場を出たばかりだった。何かあったらしく、ひどく慌てている。

彦四郎は木刀を下ろし、

「どうした！　何かあったのか」

と、ふたりに目をやって訊《き》いた。

お花は木刀を手にしたまま彦四郎の脇《わき》に立ち、驚いたような顔をして柴田と原島を見つめている。

「た、大変です！　川村《かわむら》が……」

柴田の声がつまると、脇に立っていた原島が、

「柳原《やなぎわら》通りで倒れています！」

と、目をつり上げて叫んだ。

「倒れているだと！　何かあったのか」

彦四郎は慌てて柴田と原島にむき直った。

「な、何者かに斬《き》られたようです。顔が血塗《ちまみ》れで……！」

原島が声を震わせて言った。

「なに！　血塗れで倒れているのか」

彦四郎の声が大きくなった。川村も千坂道場の門弟だった。稽古を終え、柴田たちより先に道場を出ていた。

川村家の身分は御家人だった。屋敷は御《お》徒町《かちまち》にあるので、神田川沿いにつづく柳原通りから新《あたら》シ橋《ばし》を渡って御徒町へ出るはずである。

「新シ橋の近くです」

原島に代わって、柴田が言った。

「川村を斬ったのは、何者だ！」

彦四郎は木刀を手にしたまま戸口に近付いた。

お花は驚いたような顔をして彦四郎の後についてきた。道場の隅で見ていた里美も慌てて戸口に足をむけた。

「誰が斬ったのか、分かりません」

柴田が言うと、原島がうなずいた。ふたりは蒼褪《あおざ》めた顔で戸口に立ったまま足踏みをしている。

「ともかく行ってみよう」

彦四郎はそう言って、手にしていた木刀をそばに来た里美に手渡した。お花は目を剝《む》いたまま彦四郎と里美の顔を交互に見ている。

彦四郎が戸口を出ると、お花もついてきた。彦四郎と一緒に行くつもりになっている。

里美が慌てた様子でお花の肩口を手で押さえ、

「花、父上と一緒に行くことはできませんよ」

そう言って窘《たしな》めた後、「戸口で父上を見送りましょう」とお花の耳元でささやいた。

　お花はちいさくうなずいた。胸の内で子供はそばに行けないような大変なことが起こったと思ったらしい。

　彦四郎はお花と里美に見送られ、柴田たちと一緒に柳原通りにむかった。道場から柳原通りまでは近かった。

　彦四郎たち三人が柳原通りに出ると、左手に神田川にかかる新シ橋が見えた。橋のたもと近くに人だかりができている。通りすがりの者が多いようだが、門弟らしい若侍の姿もあった。

　門弟は佐久間《さくま》だった。佐久間は原島たちのすこし前に道場を出たので、川村が斬られているのを見てその場にとどまったのだろう。

　彦四郎たち三人は小走りに人だかりに近付いた。

2

「どいてくれ。俺たちは倒れている男の知り合いの者だ」

原島が声高に言うと、その場にいた男たちが慌てて身を引いた。いずれも通りすがりの野次馬らしい。

通り沿いに植えられた柳の近くの草叢《くさむら》に、男がひとり俯《うつぶ》せに倒れていた。草叢に血が飛び散っている。出血してから時が経《た》ったため、血は黒ずんでいた。

「佐久間、川村の身を起こしてくれ」

彦四郎が声をかけた。

佐久間はすぐに俯せに倒れている川村の肩と腹部に両手を差し入れて体を起こし、仰向けにした。

川村は肩から腹にかけて袈裟《けさ》に斬られていた。着ている小袖《こそで》が裂け、黒ずんだ血に染まっている。

川村は苦しげに顔をしかめて死んでいた。腰の大小は鞘《さや》に残ったままである。おそらく抜刀する間もなく、何者かに斬られたのだろう。

町方の臨場があったらしい。川村の衣類を広げて、傷口を見たようだ。死体のまわりには、何人もの足跡が残っていた。

「一太刀だな。……斬った者は遣い手のようだ」

　彦四郎が川村の傷口を見据えて言った。

　その場にいた佐久間が無言でうなずいた。門弟の佐久間にも川村を斬った男が剣の遣い手と分かったのだろう。

　つづいて口を開く者がなく、その場が重苦しい沈黙につつまれると、

「川村を斬った者に心当たりがあるか」

　彦四郎が原島、柴田、佐久間の三人に目をやって訊いた。

「誰が川村を斬ったか分かりませんが、半月ほど前、柳原通りから新シ橋を渡った先まで見知らぬ武士に跡を尾《つ》けられたことがあります」

　佐久間が言った。佐久間の住む屋敷は、新シ橋を渡った先の御家人や旗本の屋敷の並ぶ武家地にあった。

「その武士は何者か分からないのか」

　彦四郎が訊いた。

「分かりません。……ただ、その武士は小袖に袴《はかま》姿で竹刀《しない》を手にしていました」

「なに！　竹刀を持っていただと」

　彦四郎の声が大きくなった。

「はい」

「その男は道場からの帰りではないのか」

彦四郎はそう言って、しばし考えたのち、

「その男、うちの道場の門弟ではないな」

と、念を押すように訊いた。

「ちがいます。……見掛けたことのない男です」

「そうすると別の道場からの帰りということになるが……」

彦四郎はそう言って、いっとき間をとった後、

「その道場は岩本町《いわもとちょう》にある林崎《はやしざき》道場ではないか」

と、言い添えた。

道場主は林崎源之介《げんのすけ》、千坂道場と同じように一刀流を指南している。

岩本町は千坂道場の西方にあった。近くに武家地があり、門弟の集まりやすい地だった。武家屋敷の多い御徒町に行くには神田川にかかる和泉《いずみ》橋を渡った方が近いが、場所によっては新シ橋を渡った方が行きやすい。

「だが、林崎道場の者とは決め付けられないな」

彦四郎は、竹刀を持っていたというだけで、その男が道場からの帰りだと決め付けるわけにはいかない、と思った。

その場にいた佐久間たちもうなずいた。彦四郎と同じことを思ったのだろう。つづいて口をひらく者がなく、その場はふたたび重苦しい沈黙につつまれた。どの顔にも悲痛の色がある。

「いずれにしろ、川村をこのままにしておくわけにはいかないな」

彦四郎はそう言った後、その場にいた佐久間たちに目をやり、「遺体を川村家の屋敷まで運んでやろう」と言い添えた。彦四郎は遺体を運ぶと同時に、家の者に川村が殺された事情も話しておきたかったのだ。

「駕籠《かご》を見つけてくれ」

彦四郎が佐久間たちに声をかけた。遺体を運ぶために辻《つじ》駕籠が必要だったのだ。

柳原通りは大勢の人が行き交い、駕籠も頻繁に行き来していた。客を乗せていない駕籠も通りかかるはずである。

「駕籠が来る！」

佐久間が通りの先を指差して言った。

見ると、ふたりの男が駕籠を担いでこちらに来る。辻駕籠らしい。駕籠舁《か》きは捩《ねじ》り鉢巻きに半纏《はんてん》姿で駕籠を担いでいる。

「あの駕籠、客は乗せていないようだ」

彦四郎が駕籠を見つめて言った。

駕籠が近付くと、佐久間が前に立ち塞《ふさ》がってとめた。彦四郎が睨んだとおり空駕籠だった。

「この男を新シ橋を渡った先の屋敷まで運んで欲しいのだが……」

彦四郎が倒れている川村を指差し、先棒《さきぼう》を担いでいた大柄な駕籠舁きに言った。

大柄な男は死人を見て戸惑うような顔をしたが、

「ようがす」

と言って、背後にいたもうひとりの駕籠舁きに目をやった。もうひとりの男は無言でうなずいた。

彦四郎はふたりの駕籠舁きに手伝わせ、川村の遺体を駕籠に乗せた。

佐久間が「川村家の屋敷を知っているので案内《あない》します」と言って、駕籠の前に立った。

彦四郎と佐久間たち三人は神田川にかかる新シ橋を渡り、そのまま北方にむかった。いっとき歩くと、道沿いに武家屋敷のつづく地域に出た。いずれの屋敷も大名や大身《たいしん》の旗本の住居を思わせるような大きな造りである。

そうした大きな屋敷がとぎれ、禄高《ろくだか》の低い旗本や御家人の屋敷の並ぶ地に入ったとき、先導していた佐久間が、

「あの屋敷です」

と言って、道沿いにある武家屋敷を指差した。

間口はそれほど広くなく、こちらは小身《しょうしん》の旗本や御家人の屋敷のような造りだった。

佐久間は板塀を巡らせた武家屋敷の門前まで来ると、片開きの引戸の門に手を伸ばして引いた。門扉はすぐに開いた。道場から帰ってくる川村が出入りできるように突っ支《か》い棒や鍵などはかけていなかったようだ。

「家の者に事情を話してきます」

そう言い残し、佐久間は開いている板戸の間《あいだ》から門内に入った。

いっときすると、佐久間が年配の武士を連れてもどってきた。川村の父親である。

彦四郎は川村が入門するとき、同行した父親の稲兵衛と顔を合わせていたのですぐに分かった。

稲兵衛も彦四郎を見ると蒼褪めた顔で頭を下げたが、駕籠の中にいる川村の姿を目にすると「安之介《やすのすけ》!」と悲鳴のような声で叫び、駕籠の前に膝《ひざ》を折って両腕を伸ばし、川村の顔を両手で包むように覆った。川村の名は安之介である。

いっとき稲兵衛は身を震わせ、泣き声とも呻《うめ》き声ともつかぬ声を上げていた。その声がやみ、稲兵衛の両肩が落ちた。そして彦四郎に顔を向けると、

「だ、誰が、倅《せがれ》を……!」

と、声を震わせて訊いた。

「道場の帰りに、柳原通りで辻斬りと思われる男に……」

彦四郎は、下手人が林崎道場の者とははっきりしないので、辻斬りと思われる男、とだけ言っておいた。

「こ、こんなことになろうとは……」

稲兵衛は倅の冷たくなった顔を手で撫《な》でながら涙声で言った。

いっとき彦四郎たちは肩を落としたまま稲兵衛に目をやっていたが、稲兵衛が駕

籠から身を引くと、

「ともかく遺体を屋敷内に運びます」

と彦四郎が言って、そばにいる佐久間たちと遺体を駕籠から出し、稲兵衛の後につづいて屋敷内に運び入れた。

彦四郎たちは玄関から入り、稲兵衛の指示で狭い板間の先にあった座敷に遺体を安置した。

戸口の騒ぎを耳にしたらしく、家のなかからふたりの女が小走りに出てきた。母親と川村の妹らしい。

ふたりは川村の無惨な姿を目にすると、悲鳴を上げ、その場にへたり込んだ。そして、両手で顔を覆い、涙声で川村の名を何度も呼んだ。

「柳原通りに引き返し、誰が安之介どのをこのような目に遭わせたのか探り出して敵《かたき》を討ちます」

彦四郎が強い響きのある声で言った。胸の内に自分の手で川村の敵を討ってやりたいという強い思いがあったのだ。

稲兵衛とふたりの女は彦四郎に低頭し、

「お、お願いします。このままでは安之介は成仏できません」

と、稲兵衛が声を震わせて言った。

3

「川村を斬ったのは、誰とみますか」

帰り道を歩きながら佐久間が訊いた。

「分からぬが、下手人は竹刀を持っていたらしい。……剣術の道場の帰りに川村を襲ったとみていいだろう」

彦四郎が言った。

「どこの道場かな」

佐久間が首を傾《かし》げてつぶやいた。

「この辺りにある道場はうちの道場と岩本町にある林崎道場だが、決め付けることはできぬな」

彦四郎は、林崎道場にかかわりのある者が川村を斬ったとみていたが、まだ断定することはできない。

「林崎道場を探ってみますか」

佐久間が言った。

「そうだな」

彦四郎はそうつぶやいた後、いっとき無言で歩いていたが、

「佐久間たちは林崎道場に手を出すな。まだ何もつかんではいないのだ。佐久間たちの手を借りたいときは俺から話す。それまで道場の稽古に励んでくれ」

そう言って佐久間たちに目をやった。

彦四郎の胸の内には、下手《へた》に林崎道場を探ったりすると返り討ちに遭う、という思いがあったのだ。

「分かりました」

佐久間が言うと、一緒にいた柴田と原島もうなずいた。

彦四郎は神田川沿いの通りまで来ると、

「今日のところは、このまま道場に帰る」

そう言って柴田たちに目をやった。

「わたしたちも家に帰ります」

佐久間が柴田と原島に目をやって言った。

彦四郎は佐久間たちと別れ、神田川にかかる新シ橋を渡り、柳原通りに出ると、道場のある豊島町にむかった。

彦四郎は道場にもどると裏手にある母家《おもや》に足をむけた。道場内はひっそりとして人のいる気配がなかったのだ。里美とお花は母家にいるらしい。そこが千坂一家の暮らしの場である。

母家の前の庭には松、梅、紅葉などの庭木が植えてあった。なかでも松の幹にはちいさな傷跡が無数にあった。お花が松の木を敵と見立てて木刀で打ち込んだときにできた傷跡である。お花にとっては庭も剣術道場だったのだ。

彦四郎が母家に近付くと表戸が開いて、お花が姿を見せた。彦四郎の足音を耳にしたのだろう。

「父上、お帰りなさい！」

お花は声を上げ、彦四郎に走り寄った。

「花、母上は」

彦四郎が訊いた。

すると戸口から里美が顔を出し、

「お帰りになるのをお待ちしていました」

と、笑みを浮かべて言った。

「今日は遠くまで出掛けたのでな、すこし遅くなった」

そう言って、彦四郎は母家の戸口まで行くと、大刀と小刀を鞘ごと抜いて里美に手渡した。居間にある刀掛けに里美が掛けてくれる。

「俺が道場を出た後、何か変わったことはなかったか」

彦四郎は道場を出るとき、女ふたりを家に残したままだったので気になっていたのだ。

「これといったことはありませんでしたが、気になることが……」

里美が声をひそめて言った。

「何か、あったのか」

彦四郎は戸口の前で振り返った。

「ともかく家に入ってください。居間で着替えをすませてからお話しします」

里美が脇にいるお花の肩に手を置いて言った。お花は彦四郎と里美の顔を見上げている。

彦四郎は家に入り、庭に面した居間に行くと、里美に手伝ってもらって着替えた。お花は里美の脇で立ったり座ったりして、里美が彦四郎の着物を畳むのを手伝っている。

彦四郎は着替えを終えると、庭の見える縁に腰を下ろし、

「里美、何があったのだ」

と、あらためて訊いた。

里美は彦四郎の脇に膝を折ってから、

「あなたたちが道場を出た後です。道場からすこし離れた樹の陰に身を隠している男がふたりいました」

と、眉《まゆ》を寄せて言った。いつもと違って強張《こわば》った顔をしている。里美の脇に座ったお花まで目をつり上げている。

「そのふたり、武士か」

彦四郎が訊いた。

「そうです。ふたりとも、遠方ではっきりしなかったのですが、若いように見えました」

「ふたりは道場を見張っていたのではないか」

彦四郎が里美とお花に目をやって訊いた。

「わたしもそうみました」

里美が言うと、

「ふたりは道場まで来ました」

お花が身を乗り出して言い添えた。

彦四郎はお花に顔をむけた。

「花も見たのか」

「見ました。そのふたり、道場の戸の間から中を覗《のぞ》いていました」

お花の声も昂《たかぶ》っていた。お花はまだ幼いが、その男が道場を探っていると思ったのだろう。

「戸の隙間《すきま》から見ていたのか」

彦四郎が念を押すように訊いた。道場の前まで来て、戸の隙間から道場内を見ていたとなるとただごとではない。その男は道場主の彦四郎や門弟たちを探っていたにちがいない。

「見ていました」

お花が言うと、

「それだけでなく、近所をまわっていろいろ訊いていたようです」

里美が眉を寄せて言い添えた。

彦四郎はいっとき黙考していたが、

「花、里美、いいか。道場を探っているような男に近付くな。何をされるか分からぬからな」

と、いつになく厳しい顔をして言った。

「花、父上のおっしゃるとおり、おかしな男がいたら近付かないようにしましょうね。わたしも近付かないから」

里美が諭すように言うと、

「近付かないようにします」

お花が母親の手を握って言った。

4

彦四郎は柳原通りから川村家に行った翌日、道場での稽古が終わると門弟たちを集めた。

「みんなに話しておきたいことがある」

彦四郎はそう切り出し、門弟の川村が柳原通りで何者かに斬られて死んだことを話した。

門弟たちは動揺した。息を呑《の》んで身を硬くしたり、近くにいた門弟と顔を見合わせて驚きの声を上げたりした。ただ、すでに知っている者もいるらしく、険しい顔をしてうなずいている。

「川村を斬った男を探し出し、敵を討ってやるつもりだ」

彦四郎はそう言った後、さらに話をつづけた。

「ただ、今のところ、誰が川村を斬ったのかつかんではいない。すぐに敵を討つのは難しいだろう。何者が何のために川村を襲ったのか分からないのだ。……川村だけでなく、ここにいるみんなも襲われるかもしれない。なるたけ早く川村を襲った者を探し出して敵を討ってやるつもりだが、それまで道場の行き帰りには用心してくれ」

彦四郎が話し終えると、

「お師匠、川村を襲ったのは辻斬りですか」

岡崎《おかざき》という門弟が身を乗り出して訊いた。

「そうかもしれん。……ただ、下手人は誰でもいいから通りかかった者を襲ったのではないようだ。川村がここの道場の門弟と知った上で狙《ねら》った節もある。これからも、この道場の門弟を狙うかもしれない」

彦四郎が言うと門弟たちの間に動揺が走った。不安そうな顔をして近くにいた者と話し始めた者もいる。

彦四郎は脇に立っている師範代の川島峰之介《かわしまみねのすけ》に目をやり、

「しばらくの間、川島が柳原通りまで一緒に行くことになっている。俺も手が空いているときは一緒に行くし、二人で臨機応変に対応する。……ここにいるみんなを襲うような者がいれば、逆に討ち取るつもりだ」

彦四郎が言うと川島がうなずいた。

川島は三十代半ば、長年稽古を積んでいるので剣の腕は確かだった。

「安心しろ。辻斬りがあらわれたら、俺が討ち取ってやる」

川島が語気を強くして言った。

すると、その場にいた門弟たちの顔から不安そうな表情が薄れた。道場主の彦四郎と師範代の川島が門弟たちと一緒に行くと聞いて安心したらしい。門弟たちのなかには「辻斬りなど返り討ちにしてやる」とつぶやく者もいた。

「まず、今日はそれがしが一緒に行く」

川島が門弟たちに言った。

さっそく、川島の指示で柳原通りに出てのち自分の家へ帰る者たちだけが集まった。柳原通りに出る者が多く、十人ほどいた。柳原通りに出ても、門弟が十人ほどまとまって歩けば襲う者はいないのではないかと思われた。ただ、神田川にかかる新シ橋を渡る者とそのまま柳原通りを西にむかう者がいるので、そこで分かれなければならない。

「いいか、川島と別れた後も屋敷に帰りつくまでは油断するなよ」

彦四郎は門弟たちに目をやって言った。

その日、川島は門弟たちを送るため道場を出たが、暗くなる前にもどってきた。

「川島、何かあったか」

すぐに彦四郎が訊いた。

「何もありません。……柳原通りでも新シ橋を渡った先でもそれらしい男は見掛けなかったし、門弟たちは何事もなく家に帰れたようです」

川島が「念のため、明日も行きます」と言い添えた。

「そうしてくれ」

彦四郎は川島が一緒なら心強いと思った。

それから三日、川島は稽古が終わると道場を出て、門弟たちを送って柳原通りに行き、新シ橋を渡った先まで同行したが何事もなかった。

異変があったのは四日目だった。彦四郎が母家で里美やお花と一緒に過ごしていると、道場から騒がしい男たちの声が聞こえてきた。

「何かあったようだ」

彦四郎は里美とお花に「母家から出るな」と言い残し、道場に続く引戸を開けて道場内に入った。

道場内には川島とふたりの門弟がいた。やはり何かあったらしく、三人とも強張った顔をしている。

……柳原通りで襲われたのではないか！

彦四郎は胸の内で思った。

ふたりの門弟は青木《あおき》と西崎《にしざき》で、ふたりとも神田川にかかる和泉橋の近くに住んでいた。和泉橋は柳原通りに出て西にいっとき歩いたところにかかっている。

「どうしたのだ！」

彦四郎が訊いた。顔が強張っている。

「し、柴崎《しばさき》が、やられました！」

川島が声をつまらせて言った。

川島の脇に立っている青木と西崎は蒼褪めた顔で体を震わせていた。

「柳原通りに植えてある柳の陰から、いきなり抜き身を手にした男がふたり飛び出してきて、先頭を歩いていた柴崎に斬りつけたのです」

そう言った川島の握り締めた拳《こぶし》が、わなわなと震えている。

「柴崎は死んだのか」

彦四郎が身を乗り出して訊いた。

「く、首を斬られて……！」

川島の脇にいた青木が言った。

青木によると、柴崎は首からの出血が激しく、その場で息を引き取ったという。

「そのふたりは何者だ」

彦四郎が語気を強くして訊いた。

「ひとりは、林崎道場の門弟ではないかと……」

川島は語尾を濁らせた。はっきりしないのだろう。

「どういうつもりだ！　何ゆえ、この道場の門弟を襲う」

彦四郎の顔が怒りに染まった。

その場に立っていた川島が、

「分かりません」

と、肩を落として言った。

「林崎道場をこのままにしておくことはできん。……何とかせねば、これからも犠牲者が出る」

彦四郎が怒りの色を露《あらわ》にして言うと、そばにいた川島たち三人がうなずいた。川島たちの胸の内にも彦四郎と同じ思いがあったのだろう。

5

「活気がないな」

彦四郎は道場の正面の師範座所の前に立ち、道場内に目をやりながらつぶやいた。柳原通りで柴崎が斬殺された二日後である。

道場内で稽古しているのは七人だった。そのなかには師範代の川島の姿もある。今日の稽古に門弟は六人しか顔を見せなかったのだ。

このところ、門弟が林崎道場とかかわりがあると思われる者たちに襲われ、殺されたり、傷を負ったりしていた。当然、門弟たちの耳にも入っているはずで、次は自分が襲われるのではないかと思い、道場に姿を見せない者が出てきているのだ。

彦四郎は活気のない稽古を見ながら、門弟たちを襲う者たちの背後に何者がいるのかはっきりさせて、討ち取るより他にないと思った。

　彦四郎は、まず林崎道場を探ってみようと思った。場合によっては、林崎道場の門弟を捕らえて話を聞いてもいい。

　彦四郎は順番に六人の門弟の稽古相手をし、川島と門弟たちの稽古が終わるのを待った。門弟たちを道場に残したまま、自分だけ林崎道場を探りに行くことはできない。

　それから一刻《いっとき》（二時間）ほどして、道場での稽古は終わった。

　彦四郎は、門弟たちを見送った後、

「このままだと道場はつぶれるな」

　と、苦い顔をして言った。

「門弟たちは道場への行き帰りが怖いのです。道場の門弟が、帰りに何者かに襲われたことを知っていますから」

　川島の顔もいつになく険しかった。

「川島、手を貸してくれ。このまま放ってはおけない」

　彦四郎が言った。

「手を貸せなどと……。今日にも林崎道場を探りに行くつもりでした」

川島も、林崎道場を放ってはおけない、と思っていたようだ。

「まず、林崎道場の近所で様子を訊いてみるか」

彦四郎は、近所の住人なら道場の様子を知っているとみていた。

「行きましょう、岩本町へ」

川島が身を乗り出して言った。

彦四郎と川島は、道場内の着替えの間で羽織袴姿に着替えた。彦四郎は母家で着替えることもあったが、稽古のおりは着替えの間を使うことが多かった。

彦四郎と川島は、道場から柳原通りに出ると西方に足をむけた。いっとき歩くと、前方に神田川にかかる和泉橋が見えてきた。

「確か、武家屋敷の脇を入った先だったな」

彦四郎が、和泉橋の近くの柳原通り沿いにある武家屋敷を指差して言った。

ふたりは、武家屋敷の手前にある通りに入った。そして、武家屋敷沿いにある道を足早に歩いた。その道の南方に広がっているのが岩本町である。そこは武家地ではなかったので、道沿いに町人の家が並んでいた。

「向こうから来る男に訊いてみますか」

川島が指差して言った。通りの先に職人ふうの男が見えた。男は足早に彦四郎たちのいる方に歩いてくる。

彦四郎と川島は路傍に立って、男が近付くのを待ち、

「ちと訊きたいことがあるのだが」

と、彦四郎が声をかけた。

「な、なんです」

男は声をつまらせた。顔が強張っている。いきなり、ふたりの武士に声をかけられて、何事かと思ったらしい。

「この近くに剣術道場があるかな」

彦四郎が穏やかな声で訊いた。

「剣術道場なら、ありますよ。ただ、近頃活気がなく門弟や道場主がいるかどうか」

男の表情が和らいだ。ふたりの武士に危害をくわえられるようなことはないと思ったのだろう。

「道場はどこかな」

彦四郎が訊いた。

「この道を一町ほど歩くと右手にありやす。……ここのところすっかり稽古の音が聞こえなくなりやした」

男が指差して言った。

「ともかく行ってみよう」

彦四郎は男に礼を言ってから、川島とふたりで通りの先にむかって歩いた。

いっとき歩くと、川島が前方を指差し、

「道場はあれですよ」

と言って足を速めた。

半町ほど先の道沿いに、道場らしい建物があった。間口が広く、建物は板壁になっていて、武者窓《むしゃまど》がある。

「表戸は閉まっている。それに静かだ」

彦四郎が言った。道場の道に面した表戸は閉まっていた。

「道場に近付いてみるか」

彦四郎と川島は、通行人を装って道場にむかった。

道場の前まで行ったが、ひっそりしていた。道場内からは人声も物音も聞こえない。

「誰もいないようだ」

川島が道場の表の板戸に身を寄せて言った。

「見ろ、道場の前に足跡がない」

彦四郎が道場の戸口近くを指差して言った。近頃、門弟たちが出入りしたと思われるような足跡がなかった。

「最近、門弟たちが出入りした様子はありませんね。ここしばらく、道場は閉まったままらしい」

川島が言い添えた。

「裏手にある屋敷はどうかな」

彦四郎が、道場の脇から裏手にある家屋らしい建物を見て言った。

川島が身を乗り出した。家屋からかすかに話し声が聞こえたのだ。

「男と女の声が聞こえたな」

彦四郎が言った。

「男は武士らしい物言いではなかったな。……使用人かもしれないですね」

川島が首を捻《ひね》った。はっきり聞き取れなかったようだ。

「ともかく裏手に回ってみるか」

彦四郎が言うと、川島がうなずいた。

彦四郎と川島は、道場の脇の小径《こみち》をたどって裏手にむかった。

6

道場の裏にあった建物は、母家らしかった。見ると、道場の裏手に木戸がある。その戸を開けると、母家と行き来できるようになっているらしい。

家の前には狭い庭があり、椿《つばき》や松、それにつつじなどが植えてあった。辺りは静かで、人影はなかった。

彦四郎と川島は、つつじの陰に身を隠し、あらためて母家に目をやった。

「やはり誰かいるようだ」

彦四郎が声をひそめて言った。

家のなかから足音と障子を開け閉めするような音が聞こえた。

「林崎かな」

川島が身を乗り出して言った。

「戸口に近付いてみるか。……家にいるのが林崎ひとりなら、ここで決着がつけられるかもしれんぞ」

彦四郎はつつじの陰から出た。そして足音を忍ばせて、母家の戸口に近付いた。川島は彦四郎の後からついてくる。

彦四郎は、戸口の腰高障子《こしだかしょうじ》の前に身を寄せて耳を澄ました。家のなかの様子を探ってから、踏み込むかどうか決めようと思ったのだ。

家のなかで足音が聞こえた。廊下を歩くような音である。

……出てくるぞ！

彦四郎は胸の内で声を上げた。

足音は戸口に近付いてきた。そして、土間に下りて草履《ぞうり》でも突っ掛けるような音が聞こえた。

彦四郎はすばやく家の脇にまわり込んだ。そばにいた川島はつつじの灌木《かんぼく》の裏に身を隠した。

戸口の腰高障子が開いた。姿を見せたのは、すこし腰のまがった男だった。年寄りの使用人らしい。母家の掃除でもしていたのかもしれない。

（あの男に訊いてみる）

彦四郎は仕種でそう示して立ち上がり、家の脇から出ると、家の戸口に足をむけた。川島がつづいた。

男は足をとめ、驚いたような顔をして彦四郎と川島を見た。いきなり見知らぬ武士が戸口に近付いてきたからだろう。

男の顔が恐怖の表情に変わった。ふたりの武士が自分に足をむけたのを見て、殺されると思ったのかもしれない。

「すまん、すまん。林崎どのに伝えたいことがあってな。道場が閉まっているので、母家にいるかと思って来てみたのだ」

彦四郎が笑みを浮かべて言った。

男の顔から恐怖の表情が消えた。彦四郎が口にしたことを信じたらしい。

「家に、旦那《だんな》さまはいねえが……」

男が首をすくめて言った。

「林崎どのはいないのか」

彦四郎は念を押した。

「朝方出たきり、もどってねえ」

そう言って、男は戸惑うような顔をした。

「どこへ行ったか分かるか」

「分からねえ。旦那さまは、行き先を言って出ることなどねえんで……」

男の顔に薄笑いが浮いた。林崎が情婦《いろ》のところにでも行っていると思ったのかもしれない。

「道場は閉まっているが、稽古はしないのか」

彦四郎が声をあらためて訊いた。

「近頃、稽古はしてねえ。門弟たちも道場には来ねえようでさァ」

「門弟たちも来ないのか」

「道場には入《へえ》らねえが、裏の母家には来ることがありやす」

男は道場を見ながら言った。

「母家に来ることがあるのか。……まさか、母家で剣術の稽古をするわけではあるまい」

彦四郎は胸の内で、男に喋《しゃべ》らせて林崎が何をしようとしているのか聞き出そうと思った。

「母家で剣術の稽古はしやせんぜ」

男が苦笑いを浮かべた。

「では、母家で何をしているのだ」

「部屋に籠《こも》って、門弟だった男たちや師範代の横川《よこかわ》さまと、道場をどうするか相談してるときが多いんでさァ」

「師範代は横川という名か」

彦四郎が念を押した。

「横川竜之介《たつのすけ》さまでさァ」

「横川竜之介な」

彦四郎は、初めて聞く名だった。胸の内で、横川も討たねばならない敵になりそうだ、と思った。

「他にも、林崎どのは横川どのとどのような相談をしているのだ」

彦四郎が、声をあらためて訊いた。

「あっしには分からねえ」

男は首を捻った。

「何か耳にしたことがあるのではないか。母家はそれほど広くはないので、話し声が聞こえるはずだ」

彦四郎は、何とか聞き出そうとした。

「他の道場のことを話しているのを耳にしたことがありやす」

男が彦四郎に顔をむけて言った。林崎が横川と話していたことを思い出したらしい。

「その道場の名は」

彦四郎が身を乗り出して訊いた。

「道場の名は、覚えてねえ」

男は素っ気なく言った。見知らぬ男と喋り過ぎたと思ったのだろう。

「千坂道場ではないか」

彦四郎が、道場の名を出して訊いた。

「そうだ！　千坂道場だ。……旦那、よく知ってやすね」

男が感心したような顔をした。

「林崎どのから聞いたことがあるのだ」

彦四郎は、咄嗟《とっさ》に頭に浮かんだことを口にした。

「近頃、旦那さまは千坂道場のことを話すことが多かったな」

男がつぶやくような声で言った。

彦四郎は、林崎が門弟たちのことを話していたのではないか、と思ったが、

「千坂道場のどんなことを話していたのだ」

と、小声で訊いた。

「旦那さまはあっしの前じゃァあまり喋らねえが、千坂道場をこのままにしちゃァおけねえ、と険しい顔をして口にしたことがありやす」

男は彦四郎に顔をむけて言った。

「千坂道場を憎んでいるようだな」

彦四郎は、もうすこし聞き出そうと思い、さらに水をむけた。

「そうでさァ。旦那さまは千坂道場の御蔭《おかげ》でうちの道場を閉めることになったと言ってやしたぜ」

男の声が大きくなった。まるで使用人まで、千坂道場を憎んでいるような口振りである。彦四郎と話していることで、気が昂ってきたのだろう。

「ところで、林崎どのは母家にいないとき、どこにいるのだ」

彦四郎が声をあらためて訊いた。

「くわしいことは、知りやせん」

男は戸口に顔をむけた。家にもどりたいような顔をしている。

「情婦《いろ》のところではあるまいな」

彦四郎は、男に喋らせようと思ってそう訊いたのだ。

「旦那、よくご存じで」

男は今度は顔に好奇の色を浮かべ、彦四郎に身を寄せた。

「そんな噂《うわさ》を耳にしてな。……どこに囲っているのだ」

彦四郎が小声で訊いた。

「囲っているわけじゃァねえが、料理屋の女将《おかみ》を贔屓《ひいき》にしていると言ってましたぜ」

男は声をひそめて言った。

「その料理屋は、どこにあるのだ」

彦四郎は料理屋がどこにあるか分かれば、林崎の居所をつかんで、捕らえるなり討つなりできる、と踏んだ。

「柳橋《やなぎばし》と言ってやした」

男が言った。柳橋も神田川沿いに広がる町で、人通りの多い賑《にぎ》やかな両国広小路が近かった。そのせいもあって、料理屋や小料理屋が多く、女郎を置いた店があることでも知られていた。

「柳橋か」

彦四郎はそう言ったが、柳橋と分かっただけでは居所はつかめないと思い、

「店の名は分かるか」

と、すぐに訊いた。

「店の名は聞いてやせん」

男は首を横に振った。

「そうか」

彦四郎は、店の名が分からないと、林崎が贔屓にしている店をつかむのは難しいと思った。

それから、彦四郎は男に家に出入りしているであろう、林崎の仲間のことも訊いたが、男は「門弟だった者たち」と口にしただけだった。仲間の名も居所も知らないようだ。

彦四郎はそばにいる川島に、「何かあったら訊いてくれ」と声をかけた。

「いえ、それがしが訊きたいことは、みんな訊いてくださったので」

川島が笑みを浮かべて言った。

「親爺《おやじ》、手間をとらせたな」

彦四郎は男に声をかけ、川島とふたりで、その場を離れた。

「どうします」

川島が訊いた。

「今日のところは道場に帰ろう。……林崎の家が知れたのだ。目をつけていれば、そのうち林崎を討つことができる」

彦四郎が言うと、

「また、様子を見に来ましょう」

川島も、林崎の家に目をつけていれば林崎を討てるとみたようだ。

7

「やめ！　稽古、これまで」

師範代の川島が門弟たちに声をかけた。

川島の声で、道場内で稽古していた門弟たちはそれぞれ手にしていた竹刀を下ろし、道場正面の師範座所の前に立っていた彦四郎の前に集まった。彦四郎は門弟たちの稽古の様子を見ていたのだ。

道場内にいた門弟は総勢五人だった。五人ではあまりにすくない。柳原通りで門弟が殺されるという惨事が起こる前は、すくない日でも十数人の門弟が集まっていたのだ。

「俺と川島とで門弟たちを襲った男が何者かつきとめた。裏で指図しているのは林崎という男らしい」

彦四郎は、門弟たちを前にして林崎の名を出して話した。

まだ、林崎や手の者が千坂道場の門弟を襲ったとは決め付けられないが、間違いないだろうと踏んでいた。林崎は自分の道場から門弟が去り、道場をつづけるのが難しくなったこともあり、千坂道場から門弟たちを引き離そうとして柳原通りで門弟を襲ったのではないか、と彦四郎は見ていた。

「だが、林崎は道場から姿を消しているのだ。近いうちに林崎の居所をつかみ、川村と柴崎の敵を討つ。……それまで道場の行き帰りには用心してくれ」

彦四郎が門弟たちに目をやって言った。

話を聞いていた門弟たちの間からどよめきが起こった。そばにいた仲間と顔を見合わせている。

「狙われるのは柳原通りとみていい。送りがてら家の近くまで行くつもりだ」

彦四郎が言うと、脇にいた川島が、

「遠慮するな。みんなと一緒に帰るのも稽古のうちだと思っている」

と、門弟たちを見ながら言い添えた。

門弟たちの間から安堵《あんど》の声が聞こえた。

彦四郎は門弟たちの様子を見て苦笑いを浮かべた。胸の内では、門弟たちを送るのは川島にまかせようと思っていたからだ。

自分も門弟たちに同行した場合、他の門弟に何かあり、道場に知らせが来ても対応できないだろう。だから道場主である自分は、門弟たちがそれぞれの家屋敷に帰るころまで道場にとどまらねばならない。ただ、状況によっては、真っ先に現場に駆け付けることになるかもしれない、それが自分の務めだと思っていた。

彦四郎はひとり道場内に残り、門弟たちが道場を出ていくのを見ていた。そして、門弟たちが道場を出て、いっときしてから裏手の母家にもどり、里美に手伝ってもらって小袖と角帯姿に着替えた。

着替えがすむと、里美のそばで見ていたお花が、

「父上、わたしに剣術の指南を!」

と、彦四郎の袖をつかんで言った。

門弟の川村が斬られてから、彦四郎はお花の相手をする余裕がなかったので、稽

古を見てやることもできなかったのだ。

そばにいた里美が、

「花、駄目ですよ。父上は忙しいのです。後でわたしが相手をしてあげます」

と、お花の肩に手を置いて言った。

こうして里美がお花に剣術の稽古をさせているのも、千坂道場の評判を良くしていることのひとつだった。門弟たちがふたりの楽しそうな稽古のもようを目にし、女の子でもこうして稽古ができるのだと思い、友人や近所の住人などに、その様子を話す。話を聞いた若者や子供たちの多くが、自分も千坂道場で剣術の稽古をしたいと思うのだ。

「花、素振《すぶ》りを見るだけでいいか」

彦四郎は、久し振りにお花の剣術の稽古を見てやりたいと思った。

彦四郎は小袖姿のまま木刀を手にすると、お花と一緒に庭に出た。道場とちがって庭は狭いので、間合を広くとって打ち合うような稽古はできない。

彦四郎がお花を相手に剣術の稽古を始めて半刻（一時間）ほどしたとき、道場の脇に川島の姿が見えた。

川島は門弟たちを送ってから道場にもどってきたが、彦四郎がいないので母家にまわったらしい。

彦四郎は手にした木刀を下げ、川島に体をむけた。お花は川島の姿を見ると、彦四郎から離れ、戸口近くで稽古の様子を見ていた里美のそばに行った。

「花、父上たちの邪魔にならないようにね」

里美はお花の手を握って戸口の前まで行ったが、家には入らず、彦四郎と川島に目をやっている。

どうやら、里美も川島が何を知らせに来たのか、聞きたかったらしい。

彦四郎は苦笑いを浮かべ、

「川島、何かあったのか」

と、川島に顔をむけて訊いた。

「門弟たちには何事もなかったのですが、気になることがありました」

川島が眉を寄せて言った。

「気になることとは」

すぐに彦四郎が訊いた。

「柳原通りに出てから跡を尾《つ》けられたのです」

川島が昂った声で言った。

「誰に、尾けられたのだ」

「名は知りませんが、ふたりの武士がそれがしと門弟たちの跡を尾けてきたのです」

「ふたりとも見覚えのない男か」

「はい。それに、すこし遠かったので顔がはっきり見えませんでした」

「よく跡を尾けられたと分かったな」

彦四郎が訊いた。柳原通りは人通りが多いので、遠方だと跡を尾けられているかどうか分からないだろう、と思ったのだ。

「こちらが足を速めると、後ろのふたりも速めたので分かりました」

「それで、どうした」

彦四郎は話の先をうながした。

「新シ橋のたもとに立ち、同行した門弟たちと一緒に後方から来るふたりの武士に目をやっていたのです。しばらくすると、ふたりの武士は足をとめ、来た道を引き返しました。われらに気付かれたと思い、跡を尾けるのを諦《あきら》めたようです」

「そうか。跡を尾けてきた男たちをうまく追い払ったな」

「ふたりだけだったので諦めたのでしょう」

「それにしても油断できないな。いつ何をされるか分からない」

彦四郎が眉を寄せて言った。

川島は顔に困惑の色を浮かべたまま、睨むように虚空を見据えている。

第二章　逆襲

1

……門弟がすくない！

道場の上座の師範座所の前に立った彦四郎は、門弟たちの稽古を見ながら胸の内でつぶやいた。

門弟たちは竹刀で打ち合う稽古を終え、道場のなかほどに集まって竹刀で素振りを始めた。素振りには稽古の仕上げと、打ち合いの稽古で激しい動きをした後の体をほぐすという効果もある。

道場内にいるのは、総勢五人だった。門弟たちが三人と師範代の川島、それに道場主の彦四郎である。今日も半分もいない。

……このままにしておくことはできん。

彦四郎は門弟たちの稽古を見ながら思った。

今日は彦四郎と川島とで、道場から柳原通りに出て帰る者たちを送ることにしたが、柳原通りに出てからそれぞれの屋敷へ帰るので、途中で分かれなければならない。彦四郎と川島が手分けしても、家の近くまで送ることができるのはわずかである。ひとりになった門弟を狙われれば、手の打ちようがないのだ。

……何か手を打たねば。

これまで胸の内で何度もつぶやいた言葉だが、いい手が思い浮かばなかった。

林崎が師範代の横川や門弟だった男たちに指示し、千坂道場の門弟たちに手を出しているらしいことは分かったが、その林崎が家を出た後の行方をつかんでいない。

門弟たちが素振りを始めてしばらくすると、

「やめ！　素振りはこれまで」

川島が声をかけた。

すると、門弟たちは手にした竹刀を下ろし、師範座所の前に立っている彦四郎に近付いて横一列に並んだ。道場主の彦四郎の話を聞いてから道場を去るのである。

「人数はすくなかったが、いい稽古ができた。柳原通りに出た後、それぞれの家に帰る者もいるが、途中まで川島が送る。……この道場を襲う者たちのことも多少知れてきた。そやつらをこのままにしてはおかない。そのうち、何の心配もなくそれぞれの家に帰れるようになるはずだ」

彦四郎は林崎の名までは口にしなかったが、話を聞いていた門弟たちの顔に安堵の色が浮いた。

「帰り支度をして、道場の前で待っていてくれ」

彦四郎が言うと、門弟たちは一礼した後、道場の脇にある着替えの間に入った。そこで稽古着を着替えるのだ。

川島も着替えの間に入ったが、彦四郎だけは裏手の母家にもどって見送りのための着替えをした。

彦四郎が母家から道場の戸口にまわると、門弟たちと川島の姿があった。彦四郎がもどるのを待っていたらしい。

「柳橋通りまで一緒だな」

彦四郎が門弟たちに声をかけ、道場の戸口から離れた。

柳原通りは相変わらず賑わっていた。様々な身分の老若男女が行き交っている。

「柳原通りは賑やかだな」

彦四郎は通りの前後に目をやった。通行人のなかに林崎やその手の者がいるかどうか確かめたのである。

……それらしい男は、いないな。

彦四郎は胸の内でつぶやいた。

通行人のなかに林崎と、その仲間と思われる武士は見当たらなかった。

彦四郎たちは新シ橋のたもとまで来ると、通り沿いで枝葉を繁らせている柳の陰に身を寄せた。

「怪しい男はいないようだ。俺と川島は橋を渡った先まで行くが、そこから先はそれぞれ家に帰ってくれ」

彦四郎が言うと、その場にいた門弟たちがうなずいた。

彦四郎が先に立ち、門弟たちがつづいた。しんがりは川島である。

新シ橋を渡ると、彦四郎たちは橋のたもとで足をとめた。そして、通りの先に目をやってから、

「ここにもいないようだ」

彦四郎が言った。神田川沿いの道にも、真っ直ぐつづいている正面の道にも、林崎やその仲間と思われる武士の姿はなかった。

「襲われる心配はなさそうだ。ここから先も気をつけて帰ってくれ」

彦四郎が門弟たちに声をかけた。

門弟たちはあらためて彦四郎と川島に頭を下げ、その場を離れた。自宅のある方へ足早にむかっていく。

門弟たちの姿が見えなくなると、

「お師匠、どうします」

川島が彦四郎に訊いた。

「せっかくここまで来たのだ。念のため、岩本町まで行ってみるか」

「林崎の道場ですか」

川島も、彦四郎と一緒に岩本町にある林崎道場と裏手にある母家まで行って、林崎のことを探ったことがあったのだ。

「そうだ。林崎がもどっているかもしれん」

彦四郎が言った。

「行ってみましょう」

川島もその気になったようだ。

彦四郎と川島は柳原通りを西にむかい、和泉橋の近くまで行った。橋の前に、武家屋敷がつづいている。

「ここだ」

彦四郎が言い、ふたりは武家屋敷の手前にある通りに入った。そして、武家屋敷の裏手にまわった。裏手にある道沿いに広がっている町並が林崎道場のある岩本町である。

彦四郎と川島は、通りの先にあった林崎道場の近くまで行って足をとめた。道場はひっそりとして人のいる気配がない。

「裏手にある母家も静かです」

川島が言った。確かに母家も静かで、物音も話し声も聞こえなかった。誰もいないらしい。

「林崎は道場にも母家にもいないようだ」

彦四郎が道場の脇から裏手に目をやって言った。

以前来たときは、母家に老齢の使用人がいたが、今日は誰もいないようだ。母家は静寂につつまれ、話し声も物音も聞こえなかった。

「どうします」

川島が訊いた。

「念のため、近所で訊いてみるか」

彦四郎はそう言ったが、近くに話の聞けそうな家はなかった。そのとき、彦四郎は何か思い出したようにうなずいて、

「どうだ、柳橋辺りまで足を延ばしてみるか」

と、川島に顔をむけて言った。

「情婦《いろ》が女将をやっているという料理屋を探すんですか」

川島が身を乗り出して訊いた。

「そうだ。林崎がいなくても、その店をつかんでおけばいつでも探りに行ける。それに、店の者に話を訊けば、林崎の居所がつかめるかもしれない」

「行きましょう」

川島の声に力がこもった。

彦四郎と川島は来た道を引き返し、柳原通りに出た。そして、柳原通りを東にむかった。

ふたりは郡代屋敷の脇を通り、賑やかな両国広小路に入った。そこは、奥州《おうしゅう》街道や本所《ほんじょ》、深川につながる両国橋が近かったこともあって、様々な身分の老若男女が行き交い、大変な賑わいを見せていた。

彦四郎と川島は両国広小路に入っていっとき歩いてから、左手に足をむけた。前方に神田川にかかる柳橋が見えてきた。

「その橋を渡った先だ」

彦四郎がそう言って、柳橋に足をむけた。

柳橋を渡ると、道沿いにある料理屋や料理茶屋などが目についた。柳橋は遊女のいる店が多いことでも知られていた。行き交う人のなかにも、遊女を買いに来たと思《おぼ》しき男の姿があった。

「遊女のいる店はすくなくないな」

彦四郎が柳橋の左手につづいている川沿いの通りに目をやって言った。その通りが、特に賑わっていた。男の姿が目立つ。遊女のいる料理屋や料理茶屋などへ遊びに来た男たちらしい。

2

「これだけ店が並んでいると、林崎の情婦《いろ》が女将をやっている店を探すのは難しいぞ」

彦四郎が路傍に足をとめて言った。

「どうします」

川島が訊いた。

「せっかくここまで来たのだ。店の常連客でもつかまえて訊いてみるか。林崎は武士なので、頻繁に店に出入りしていれば、目につくはずだ」

彦四郎は、林崎が贔屓にしている店だけでもつかみたいと思った。

「どうです。そこに繁盛しているらしい料理屋があります。店に入って話を訊くのは気が引けますが、店から出てきた客に訊けば、林崎のことが分かるかもしれません」

川島が、通り沿いにある二階建ての料理屋を指差して言った。

大きな店だった。二階だけでも三部屋はありそうだ。すでに客がいるらしく、男と女の談笑の声が聞こえてきた。柳橋は、表向き料理屋であっても遊女のいる店が多いことでも知られていた。

「そうだな。ともかく店から出てきた客に訊いてみるか」

彦四郎はそう言って、店の近くに身を隠す場がないか探した。通行人の目にとまらないように身を隠して、話の聞けそうな客が店から出てくるのを待とうと思ったのだ。

「そこの樫《かし》の木の陰はどうです」

川島が指差した。

見ると、店からすこし離れた道際で樫が枝葉を繁らせていた。その樫は神田川の岸際にはえていたので、身を隠す場所には適していた。樹陰は狭いが、ふたりだけなら何とかなるだろう。

彦四郎と川島は、樫の陰に身を寄せ合って身を隠した。

それから半刻（一時間）ほど経ったが、料理屋からは誰も出てこなかった。

「店に入って訊くわけにもいかないし、待つしかないか」

彦四郎が生欠伸《なまあくび》を噛《か》み殺して言った。

そのとき、料理屋の格子戸《こうしど》が開き、女将らしい年増《としま》と商家の旦那ふうの男がふたり出てきた。ふたりの男は客らしい。酒を飲みに来たというより、商談の場所として料理屋の座敷を使ったのだろう。

ふたりの男は女将に見送られて料理屋から離れた。店の戸口で客を見送っていた女将もふたりの男が店先から離れると、踵《きびす》を返して店にもどってしまった。

「あのふたりに訊いてきます」

川島はそう言い残し、樫の樹陰から出ると小走りにふたりの男の後を追った。彦四郎はその場に残っている。

川島はふたりの男に追いつくと声をかけ、肩を並べて歩きだした。ふたりに何やら訊いているらしい。

川島たちは話しながら半町ほど歩くと、川島だけが足をとめた。ふたりの男は話しながら川島から離れていく。

川島は踵を返し、小走りに彦四郎のそばにもどってきた。

「どうだ、林崎のことで何か知れたか」

すぐに彦四郎が訊いた。

「あのふたり、林崎のことを知っていました。林崎はさきほどの料理屋の女将を贔屓にしていていて、顔を出すことがあるようです」

川島が、遠ざかっていくふたりの男に目をやって言った。

「店に林崎はいなかったのか」

「はい、ふたりは、店で林崎らしい武士は見掛けなかった、と言ってました」

「そうか。……ともかく、林崎が贔屓にしている店が知れたのだ。今度、行方をつきとめるときも、そこの店で訊けばいいわけだ」

彦四郎が、当の料理屋を見ながら言った。

川島はちいさくうなずいた後、

「どうします」

と、彦四郎に顔をむけて訊いた。

「今日のところは帰るしかないな。また様子を見に来てみよう」

そう言うと、彦四郎は神田川沿いの道を西にむかった。

彦四郎と川島は、神田川にかかる浅草橋の前まで来ると、橋を渡って両国広小路に出た。そこは柳橋より西方の地で、柳原通りまですぐである。

「ともかく今日は道場に帰ろう」

彦四郎が柳原通りにむかって歩きながら言った。

川島は無言でうなずいた。顔に疲労の色がある。

いっとき歩くと、千坂道場が見えてきた。

彦四郎が西の空に目をやった。

陽《ひ》は西の家並の向こうに沈んでいた。門弟たちが稽古を終えて帰って久しい。辺りは薄暗くなっている。

「それがしも、これで帰らせてもらいます」

川島が言った。川島家は神田川沿いの柳原通りの近くにあった。道場からそれほど遠くない。

「そうか、気をつけて帰れよ」

彦四郎はとめなかった。川島も一日中歩いたので疲れたようだ。

川島は彦四郎に頭を下げると、踵を返して柳原通りにむかった。その姿が淡い夕《ゆう》闇《やみ》のなかにちいさくなっていく。

彦四郎は道場には入らず、脇の小径を通って裏手にある母家にむかった。母家の戸口の板戸の隙間から淡い灯が洩《も》れている。家のなかは明かりが欲しいほど暗くなっているらしい。

彦四郎が戸口の板戸を開けると、

「誰か来たようよ」

座敷から里美の声が聞こえた。

つづいて戸口のそばの部屋の障子が開き、お花が顔を出した。お花は、彦四郎の顔を見るなり、

「父上が帰ってきました！」

と声を上げて、飛び出してきた。

「花、夕餉《ゆうげ》は食べたのか」

彦四郎が訊いた。

「まだです」

お花は戸口まで出てきた。

座敷にいた里美も顔を出し、

「花はね、あなたが帰ってから一緒に食べると言って、待っていたんですよ」

そう言って、お花の後ろに立ち、ちいさな肩に手を添えた。

「待たせたな。花、一緒に食べよう」

彦四郎はそう言って、土間の先の狭い板間にあがった。

「父上と一緒に、食べます！」

お花は嬉《うれ》しそうな顔をし、彦四郎の腕をつかんで一緒に座敷に入った。

3

その日、道場内には、男たちが七人いた。彦四郎と川島、それに門弟が五人である。相変わらず、門弟はすくなく活気もなかった。

それでも、彦四郎と川島は門弟たちひとりひとりに力を抜くことなく指南をした。人数がすくないだけに一対一で指南できる。門弟たちにとってはまたとない稽古の機会だが、どの顔も生彩を欠いていた。

他の門弟たちが稽古に来られない理由を知っていたし、自分たちも稽古に来るためには危ない橋を渡らねばならなかったからだ。

門弟たちは竹刀の素振りをして体をほぐした後、交替で彦四郎と川島の前に立ち、実戦さながらに竹刀で打ち合う稽古をつけてもらった。

打ち合いの稽古は半刻《はんとき》（一時間）ほどして終わった。いつもの稽古時間より小半《こはん》刻《とき》（三十分）は短いだろう。

門弟たちは、彦四郎と川島に稽古をつけてもらった後、竹刀の素振りで体をほぐしてから着替えの間に入った。

川島も門弟たちと一緒に着替えの間に入り、彦四郎だけが母家にもどって着替えた。

彦四郎が小袖に袴姿で道場にもどると、川島と四人の門弟が待っていた。門弟のひとりは近くに家があったので、先に道場を出たらしい。

四人の門弟は、柳原通りに出なければそれぞれの家に帰れない。それで彦四郎と川島が送ることになっていたのだ。ふたりで行くことは少ないが、情況によってはふたり一緒に行くこともある。

「さて、行くか」

彦四郎が四人の門弟に声をかけた。

彦四郎たちは道場を出ると、柳原通りに足をむけた。通い慣れた道だが、どの顔も緊張していた。

柳原通りに出ると、いつ襲われるか分からない。ここ数日、門弟が襲われることはなかったが、まだ安心はできない。彦四郎たちは襲撃者の後ろで糸を引いているのは林崎らしいと知り、林崎の居所と思われる家や店などを探ったが、まだ林崎を討ち取ることができずにいた。

彦四郎たちは柳原通りに出た。通りは相変わらず賑わっていた。様々な身分の老若男女が行き交っている。

彦四郎たちが神田川にかかる新シ橋のたもとまで来たとき、門弟のひとりが背後を振り返り、

「後ろから来るふたり、わたしたちがこの通りに出たときから跡を尾けているような気がします」

と、声をひそめて言った。

見ると、半町ほど後ろからふたりの武士が歩いてくる。羽織袴姿ではなく、小袖に袴姿で、大刀だけを差していた。ふたりとも牢人《ろうにん》のように見える。

「林崎道場にかかわりのある者かもしれん」

彦四郎も、ふたりの武士に跡を尾けられているような気がした。

「どうします」

川島が訊いた。

「相手はふたりだ。俺たちを襲うようなことはないだろう。……跡を尾けて、俺たちの行き先をつきとめるつもりではないか」

彦四郎が言うと、門弟たちがうなずいた。

「あのふたりを捕らえて話を訊いてみるか。林崎や他の仲間たちの居所がつかめるかもしれん」

「橋を渡ってから、仕掛けますか」

川島が訊くと、彦四郎がうなずいた。

彦四郎は、人通りの多い柳原通りで仕掛けると大騒ぎになり、ふたりを捕らえるのが難しくなる、とみたのだ。

彦四郎たちはすこし足を速め、新シ橋を渡った。そこは佐久間町《さくまちょう》二丁目で、道沿いにあった笠屋《かさや》の脇に身を隠した。笠だけでなく合羽《カッパ》も売っているらしく、店先に合羽処《どころ》と書かれた看板が出ていた。

「来たぞ！」

彦四郎が身を乗り出して言った。

脇にいた門弟たちが慌てて飛び出そうとした。

「待て、ふたりが橋のたもとから離れてからだ。人通りの多い場所だと逃げられるからな」

そう言って、彦四郎がとめた。

跡を尾けてきたふたりは橋のたもとで足をとめた。その場に立ったまま周囲に目をやっている。彦四郎たちの姿が見えないので探しているらしい。

ふたりはいっときすると、川沿いの道ではなく、橋の正面につづく通りに足をむけた。川沿いの道は町人の家や店屋がつづいているので、彦四郎たちは正面の道に入ったとみたのだろう。その道はすこし歩くと武家地に入るのだ。

「仕掛けるぞ」

彦四郎が声をかけると、その場にいた川島たちがうなずいた。

彦四郎たちは笠屋の脇から出ると小走りになり、前を行くふたりの武士を追った。そして半町ほどに近付くと、通り沿いにある店や仕舞屋《しもたや》などの陰に身を隠しながら、ふたりに迫った。

彦四郎たちはふたりの武士に近付くと、物陰から通りのなかほどに出て走った。その足音を聞いたらしく、前を行くふたりの武士が足をとめて振り返った。

一瞬、ふたりの武士は驚いたような顔をして棒立ちになったが、慌てて走りだした。逃げようとしたのだ。

だが、彦四郎たちの方が速かった。なかでも足の速い若い門弟が、ふたりの武士の脇を通って追い抜き、すこし離れてから足をとめて反転した。ふたりの武士の行く手を塞いだのだ。

ふたりの武士は足をとめた。前方に立ち塞がった武士と背後から来る彦四郎たちに逃げ道を塞がれたのである。

ふたりの武士は抜刀すると、抜き身を手にしたままひとりしかいない前方にむかった。そして、前に立っている門弟に近付いて身構えた。

「そこをどけ！　どかぬと斬るぞ」

年上と思われるひとりが、手にした刀を威嚇《いかく》するように振り上げた。

だが、前に立った門弟はすこし身を引いただけで、道のなかほどから離れなかった。

すると、年上と思われる武士が刀を振り上げたまま前に立った門弟に近付こうとした。

そこへ、彦四郎が駆け寄り、

「斬るぞ！」

と声をかけ、抜き身を八相に構えて踏み込んだ。素早い動きである。

これを見た武士は反転し、彦四郎に体をむけて手にした刀を構えたが、遅かった。

タアッ！

彦四郎が鋭い気合を発しざま、斬り込んだ。八相から袈裟へ――。一瞬の太刀捌《さば》きである。

彦四郎の手にした刀の切っ先が武士の右袖を斜に裂いた。武士は手にした刀を取り落とし、悲鳴を上げて後ろに退がった。

武士の露《あらわ》になった右の二の腕が血に染まっている。だが、皮肉を浅く裂かれただけらしい。右腕は、自在に動くようだ。

彦四郎は武士を殺さないように手加減して斬り込んだのだ。

「その男を押さえろ！」

彦四郎が、その場にいた川島と門弟たちに声をかけた。

すぐに、川島とふたりの門弟が右腕を斬られた武士に駆け寄り、川島が用意した細引《ほそびき》を取り出した。

川島たちは手早く武士の両腕を後ろにとり、細引で縛った。武士は斬られた右腕が痛むのか、抵抗せず川島たちのなすがままになっている。

これを見たもうひとりの武士は、逃げようとして抜き身を手にして反転した。そして、走りだすと、近くにいた門弟が跡を追いかけようとした。

「待て！　追わなくていい」

彦四郎がとめた。林崎の配下と思われる男から話を訊くには、ひとりで十分だと思ったのだ。何人も道場へ連れて帰る必要はない。

4

彦四郎たちは捕らえた男を道場まで連れて帰った。捕らえた場で訊いてもよかったが、人通りが多いので大勢の野次馬が集まるとみたのだ。

千坂道場にもどったのは彦四郎と川島、それに捕らえた男だった。一緒にいた門弟たちはそれぞれの家に帰した。

道場内は薄暗かった。門弟たちが稽古をしているときは気合や竹刀を打ち合う音が響いているのだが、今は重苦しい静寂につつまれている。

彦四郎は捕らえた男を道場の床に座らせ、自分はその前に立った。同行した川島は、男の脇に立っている。

「おぬしの名は」

彦四郎が訊いた。

男は戸惑うような顔をして黙っていたが、

「や、山田《やまだ》辰之介《たつのすけ》」

小声で名乗った。

「山田か。……誰の指図で、俺たちの跡を尾けた」

「……………」

男は何も言わずに頭《こうべ》を垂れた。

「林崎源之介の指図だな」

彦四郎が、林崎の名を口にした。

「そうだ」

男は観念したのか、隠さずに答えた。

「なぜこの道場を目の敵にして、門弟や俺たちを襲ったりするのだ」

彦四郎が訊いた、

「千坂道場さえなければ、林崎道場がつぶれることはなかった。千坂道場をつぶしてから、建て直すことになっている」

男が恨めしそうな顔付きで、彦四郎を見つめて言った。

「林崎道場の門弟がこの道場に流れたとしても、それは林崎道場に問題があるからだ。……実のある稽古もそうだが、やることをやらずに、自分の道場がつぶれた原因を他の道場に押しつけるとは言語道断」

珍しく、彦四郎の顔が憎悪に染まっている。

男は無言のまま頭を垂れた。男の胸の内にも思い当たることがあるのだろう。

「ところで、林崎だが、道場にいないときもあるな」

彦四郎が念を押すように訊いた。

男は無言でうなずいた。

「林崎が、どこに出掛けているか知っているか」

「…………」

男は顔を上げて彦四郎を見た。そして、知らないらしく首を横に振った。

「柳橋だぞ。……林崎には贔屓にしている女将がいて、その料理屋に通っているのだ。その料理屋は柳橋でも名の知れた店でな、そこに通うには大金がかかる。それを百も承知で楽しんでいるのだ」

彦四郎の顔に憎悪の色があった。

「……………！」

山田の顔も驚きと憤怒《ふんぬ》に染まっている。

次に口を開く者がなく、道場内は沈黙につつまれた。

彦四郎はいっとき間をとった後、あらためて山田を見据え、

「それでも林崎のために、下手をすると命を落とすような危ない橋を渡ったりするのか」

と、語気を鋭くして訊いた。

山田は口をつぐんだまま戸惑うような顔をしていたが、

「林崎道場とは縁を切る」

彦四郎に顔をむけてきっぱりと言った。山田の胸の内にも思い当たることがあったにちがいない。

「それがいい」

彦四郎はそう言った後、

「その気があるなら、この道場に来てもいいぞ」

と、穏やかな顔で言い添えた。

山田は、ハッとしたような顔をして彦四郎を見つめ、

「お願いします。門弟のひとりにくわえてください」

そう言って、両手を道場の床について頭を下げた。どうやら山田は千坂道場に魅力を感じていたようだ。

「この道場は、剣術の稽古をしたい者なら誰でも入門できる。遠慮せずに来るといい」

彦四郎が笑みを浮かべた。

「ありがとうございます」

両手を道場の床について頭を低くしたまま山田が言った。

次に口をひらく者がなく、道場内がふたたび静寂につつまれると、

「ここにいるのが、師範代の川島だ」

そう言って、彦四郎は川島に目をむけた。

「川島だ。道場のことで何かあったらそれがしに話してくれ。できることなら何でもしてやる」

川島も表情を和らげている。

「ありがとうございます」

山田は床に手をついたまま頭を下げた。

「これで話は決まったな。ここに来て稽古をするといい」

そう声をかけ、彦四郎が道場から出ようとすると、

「お師匠、通わせていただきます」

と、山田が道場の床につくほど頭を低くして言った。

「道場で待っているぞ」

彦四郎は立ち上がり、道場の正面の脇にある戸口にむかった。そこから母家の前に出られるのだ。

道場内に残った川島が「明日、門弟たちに紹介しよう」と穏やかな声で言って、山田を立たせた。

川島は山田と道場の戸口まで一緒に来ると足をとめ、「明日、道場で待っているぞ」と声をかけ、山田を見送った。

5

彦四郎と川島は道場内で山田から話を聞いた翌日、門弟たちとの稽古が終わると、

ふたりで岩本町へむかった。林崎道場へ行き、林崎がいるかどうか確かめようと思ったのだ。林崎がいれば捕らえて話を訊くつもりだったが、斬り合いになれば、そこで決着をつけることになるだろう。

彦四郎と川島は道場を後にして柳原通りに出ると、西に足をむけた。そして、神田川にかかる和泉橋の近くまで来ると、柳原通り沿いにある武家地の手前を南にむかい、武家屋敷の裏手に出た。

武家屋敷の南方に岩本町が広がっていた。町人の家が軒を連ねている。

ふたりは岩本町に入ると、通り沿いにある町人の家に目をやりながら歩いた。いっときもすると前方に林崎道場が見えてきた。

彦四郎と川島は、道場から半町ほど離れた路傍に足をとめた。

「道場は閉まっているようです」

川島が言った。

道場の表戸は閉まり、静寂につつまれている。剣術の道場は中で稽古でもしていれば、気合、竹刀を打ち合う音、床を踏む音などが、かなり遠方でも聞こえるのだが、何の音もしない。

「近付いてみよう」

彦四郎が言い、川島とふたりで道場に足をむけた。

彦四郎と川島は道場の手前で足をとめた。道場内はひっそりとして、人のいる気配はなかった。

「この前と同じだな」

先日も川島と一緒だったが、道場に林崎の姿はなく、最近稽古をやった様子もなかった。

「どうします」

川島が訊いた。

「裏手の母家にいるかな」

彦四郎が道場の脇から裏手を覗いた。

「行ってみますか」

「そうだな。母家も静かだが、念のため様子を見てみるか」

彦四郎と川島は、道場の脇の小径をたどって裏手にむかった。

椿や松、つつじなどが植えられていた。

彦四郎と川島は母家の前にある庭のつつじの陰に屈《かが》んで身を隠した。

母家はひっそりとして人声も物音も聞こえなかった。

「誰もいないようだ」

川島が小声で言った。

「前に来たときは年寄りの使用人がいたが、今日は人のいる気配がないな」

彦四郎は母家を見つめてつぶやいた。

「使用人は、使いにでも出たのでしょうか」

川島は首を傾げている。

「そうかもしれん。……ともかく、ここで母家を見張っていてもどうにもならんな」

そう言って、彦四郎は腰を上げた。

すぐに川島も立ち上がった。彦四郎と川島が帰ろうとして道場の前にもどると、通りの前方にふたりの武士の姿が見えた。ふたりとも小袖に袴姿で大小を帯びている。まだ若く、十七、八歳ではないかと思われた。

「むこうから来るふたりに訊いてみるか」

彦四郎が言った。

「あのふたりなら、きっと道場のことを知っていますよ」

そう言って川島は路傍に身を寄せた。道幅が狭かったこともあるが、この場は彦四郎に任せようと思ったらしい。

彦四郎はふたりの若侍が近付くのを待ち、

「ちと訊きたいことがあるのだが」

と、穏やかな声で言った。

ふたりの若侍は不審そうな顔をして足をとめた。

「何を訊きたいのです」

年上と思われる方が彦四郎に警戒するような目をむけた。

「そこに剣術の道場があるな」

彦四郎が指差して言った。

「ありますが……」

年上の若侍が道場に目をむけた。

「表戸を閉じたままらしいが、道場を開く気はないのかな。……いや、俺の弟を剣術の道場に入門させたいと思ってな。来てみたのだ」

彦四郎は咄嗟に頭に浮かんだことを口にした。

「今は閉じていますが、近いうちに改装して開くと聞いていますよ」

年上の若侍が言うと、脇にいた色白の若侍がうなずいた。

「近いうちに、道場を開くのか」

彦四郎が念を押すように訊いた。

「そのように聞いています。……道場を開いたら入門しようと思っているのです」

年上の若侍につづいて、

「わたしも入門するつもりです」

と、若い方が言い添えた。

「それにしても、道場を改装するには金がかかるだろう。こんなことを訊くのは、失礼だが、そんな金があるのかな」

彦四郎が声をひそめてふたりに訊いた。

ふたりの若侍は戸惑うような顔をして黙っていたが、

「分限者《ぶげんしや》から援助してもらうと聞きましたよ」

と、年上の方がささやいた。

「わたしも聞いた。今、道場主の林崎さまは、金の工面をするために奔走しておられるはずですよ」

色白の若侍が身を乗り出して言った。

「奔走な」

彦四郎の口から「金の工面どころか、林崎は柳橋の料亭で散財している」と出かったが、何も言わなかった。ふたりに話しても仕方がない、と思ったのである。

「ところで、林崎どのは母家にもいないようだが、どこへ出掛けたか知っているか」

彦四郎は矛先を変えて訊いた。

色白の若侍は首を傾げたが、年上の方が、

「師範代の横川様のところかな」

と、小声で言った。自信がないらしい。

「横川どのの家は、どこにあるか知っているかな」

彦四郎は、すでに横川のことを耳にしていたが、住まいがどこにあるのかは知らなかった。

「平永町《ひらながちょう》と聞きましたよ」

年上の方が言った。

平永町は神田川にかかる和泉橋の西方にあり、柳原通りからすこし町筋に入った先に広がっている。

「平永町のどの辺りだろうか」

彦四郎が訊いた。平永町と聞いただけでは、横川の家を突き止めるのは難しい。

「近くに富沢屋《とみざわや》という一膳《いちぜん》めし屋があるそうです。富沢屋は界隈《かいわい》では名の知れた店なので、富沢屋がどこにあるか訊けば分かると思いますよ」

年上の方がそう言って歩きだした。色白の若い方は慌てて後を追った。

彦四郎はふたりの若侍が離れるのを待って、川島に歩を寄せた。

「川島、聞いたか」

彦四郎が声をかけた。

「はい、平永町へ行ってみますか」

川島が訊いた。

「行ってみよう」

彦四郎が言い、ふたりはいったん柳原通りに出た。

柳原通りは相変わらず、行き来する人の姿が多かった。様々な身分の老若男女が行き交っている。

彦四郎と川島は柳原通りを西にむかって歩いた。そして、和泉橋のたもとを過ぎて間もなく、左手に入る道に足をむけた。

町筋をいっとき歩くと、川島が、

「確か、この辺りから平永町ですよ」

そう言って、通りの左手に広がっている町並に手をむけた。

6

「この辺りか」

彦四郎がそう言って、すこし足を速めた。

ふたりは通り沿いにある店屋に目をやりながら一膳めし屋を探した。一膳めし屋なら目につくと思ったのだ。

いっとき歩くと、道沿いに一膳めし屋があった。道沿いにある店のなかでも目を引く、間口の広い店である。

「その店だ」

彦四郎が言った。

店の脇の行灯看板《あんどんかんばん》に「一膳めし　富沢屋」と記してある。流行《はや》っている店らしく、店内から客と思われる人声が聞こえた。

「横川の家はこの近くにあるはずだ」

彦四郎が富沢屋の近くの店や仕舞屋に目をやって言った。

だが、道沿いには店屋が多く、住まいらしい家屋は見当たらなかった。

「それらしい家は見当たらないな」

彦四郎が首を傾げた。

「そこの下駄屋《げたや》で訊いてきます」

そう言って、川島が富沢屋の斜向《はすむ》かいにある下駄屋に足をむけた。

下駄屋の店先で、店の主人《あるじ》らしい男と若い娘が何やら話をしていた。娘が紫色の鼻緒のついた下駄を手にしている。どうやら娘が下駄を買いに来て、店の主人と手にした下駄のことで話をしているらしい。

川島が下駄屋の前まで行くと、若い娘は客が来たと思ったらしく、

「また来るね」

と、店の主人に声をかけ、慌てて店先から離れた。

川島は下駄が置かれた店先の台の前まで行き、

「ちと訊きたいことがあるのだが」

と、親爺に声をかけた。

「何です」

親爺は不愉快そうな顔をした。川島が、下駄を買いに来た客ではないと分かったからだろう。

「この近くに横川という名の武士の住む家があると聞いて来たのだがな。横川どのの家はどこか、知らないか」

川島が横川の名を出して訊いた。

「横川様の家なら知ってやすよ」

親爺は、台の上の下駄を並べ替えながら言った。

「教えてくれ」

「そこに一膳めし屋がありやす」

親爺が腰を伸ばして一膳めし屋を指差した。

「あるな」

「一膳めし屋の脇に細い道がありやすね。その道を入っていっとき歩くと、右手に板塀を巡らせたお武家様の屋敷がありやす。そのお屋敷の近くに横川様の住まいがありやす」

親爺はそう言うと、また下駄を並べ始めた。

「手間をとらせたな」

そう言い残し、川島は彦四郎のそばにもどった。

川島から話を聞いた彦四郎は、

「ともかく、一膳めし屋の脇の道に入ってみよう」

そう言って、足早に一膳めし屋にむかった。

彦四郎と川島は一膳めし屋の脇にある道に入った。道沿いに店屋はなく、仕舞屋や長屋らしい家屋などがあった。行き来する人も、その地の住人が多いようだった。

「そこに板塀を巡らせた屋敷がありますよ」

川島は通りの先にある屋敷を指差して言った。

「武家が住んでいるようだな」

彦四郎が路傍に足をとめて言った。その辺りは武家地ではないが、何軒か武士の住むような家があった。おそらく幕臣ではなく、家を引き継いだ牢人や藩邸に住みきれなくなって出た藩士などが住んでいるのだろう。

川島も彦四郎の脇に立ち、

「念のため、近所の住人に訊いてみますか」

と、通りの先に目をやって言った。

「むこうから来る子連れの女に訊いてみるか。近くに住んでいるようだ」

そう言って、彦四郎が子連れの女に足をむけると、

「それがしが話を訊いてきます」

川島は彦四郎をその場に残し、足早に子連れの女の方にむかった。

川島は女と顔を合わせると、何やら声をかけ、路傍に立って女と話し始めた。川

島はいっとき女と話していたが、踵を返し、足早に彦四郎のそばにもどってきた。女は子供を連れて離れていく。

「横川は手前の家に住んでいるようです」

川島が彦四郎に伝えた。

彦四郎と川島は路傍に立ち、子連れの女が通り過ぎるのを待ってから、手前の家に近付いた。

ふたりは手前の家の脇まで来ると、足をとめた。この家のまわりも低い板塀で囲ってあり、通りに面したところに板戸を閉めただけの門があった。

ふたりは板塀のそばに身を隠した。家はひっそりしていたが、誰かいるらしく廊下を歩くような足音がかすかに聞こえた。

「家にいるのは、横川ですかね」

川島がつぶやいた。

「どうかな。横川ではなく、家族かもしれん。それに、使用人ということもある」

彦四郎が家に目をやりながら言った。

「踏み込みますか」

川島が身を乗り出して訊いた。

「駄目だ。横川がいるかどうか分からない家に踏み込んで、いればいいが、いなければ横川はこの家に寄り付かなくなるぞ。そうなると、横川の居所がつかめなくなる」

彦四郎は胸の内で、横川が俺たちに居所をつかまれたと知れば、家からも道場からも姿を消すだろうと思った。

「どうします」

川島が訊いた。

「家に横川がいるかどうか、分かるといいんだが……」

彦四郎は、横川のいない家を見張っても無駄骨だと思った。

「近付いて、家のなかの様子を探ってみますか」

そう言って、川島が家に近付こうとして歩きかけたが、その足がとまった。

「誰か出てくる！」

川島が彦四郎に顔を向けて言った。

「身を隠そう！」

彦四郎はその場を離れ、川島とふたりで横川の家の斜向かいにあった仕舞屋の脇に身を隠した。

すぐに横川の家の表戸があき、浅黒い顔をした男がひとり出てきた。使用人らしい。男は戸口から出ると、通りを歩きだした。

「あの男に訊いてみます」

川島がそう言い残し、使用人らしい男に足をむけた。

川島は通行人を装って男に近付き、ふたりで話しながらいっとき歩いていたが、しばらくして彦四郎のそばにもどると、「横川は家にいないようです」と知らせた。

「横川の行き先は分かるか」

彦四郎が川島に訊いた。

「男に訊いたところ、縄暖簾《なわのれん》を出した飲み屋に行っているようです」

川島が言った。

「飲み屋は近くにあるのか」

「はい、さきほどの一膳めし屋から、さらに一町ほど歩くと、道沿いにあるそうです」

「飲み屋の店の名も訊いたのか」

「訊きました。……富升《とみます》だそうです」

「富升な。一杯やりたくなるような店の名だ」

彦四郎が苦笑いを浮かべた。

7

「富升まで行ってみるか」

そう言って、彦四郎が来た道に目をやった。

「行ってみましょう。ここから近い」

川島も行く気になっている。

彦四郎と川島は来た道を引き返し、一膳めし屋のある通りに出た。

「この先のようです」

川島が先に立ち、通りをさらに歩いた。

一町ほど歩くと、通りの先に縄暖簾を下げた飲み屋らしい店が見えた。通りかかった地元の住人らしい男に訊くと、その店が富升と分かった。

彦四郎と川島は富升の縄暖簾をくぐった。店内に横川の姿はなく、客らしい男がふたりいた。ふたりとも職人らしい身形《みなり》だった。ふたりは飯台《はんだい》を前にし、腰掛け代わりの空樽《あきだる》に腰を下ろして酒を飲んでいる。

彦四郎と川島が店に入っていくと、ふたりの男は話をやめて彦四郎たちに目をむけた。ふたりとも強張った顔をしている。店内にいきなり武士がふたり入ってきたからだろう。

「誰か、いないか」

川島が戸口近くで声をかけた。

「へい！　すぐに行きやす」

店の奥で声がした。板場になっているらしい。

すぐに店の奥の暖簾をくぐって、捩り鉢巻きに前垂れ姿の親爺が顔を出した。店の主人らしい。

「忙しいところすまないが、ちと訊きたいことがあってな」

川島が肩をすぼめて言った。

親爺は彦四郎と川島のそばに来て、「何です」と小声で訊いた。客ではないと知ったせいか、愛想笑いが消えている。

「近所に住む横川という名の武士が、この店にいると聞いてきたのだがな。横川どのは来ているか」

彦四郎が横川の名を出して訊いた。

「横川様なら、小半刻（三十分）ほど前に出られやしたよ」

親爺が素っ気なく言った。

「店を出た後か」

彦四郎が肩を落とした。

「へい」

親爺が、彦四郎の落胆したような姿を見てすまなそうな顔をした。

「横川どのはどこへ行かれたか分かるか。俺たちは横川どのの家から来たのだが、途中で会わなかった。家に帰ったのではないようだが」

彦四郎が小声で訊いた。

「家に帰《けえ》らねえとすると、美鈴《みすず》に寄ったのかもしれねえ」

親爺がつぶやくような声で言った。

「美鈴な。……洒落《しゃれ》た店の名だが、飲み屋か」

彦四郎が訊いた。

「横川の旦那が贔屓にしている小料理屋でさァ」

「その小料理屋は近いのか」

「へい、近くでさァ」

「どこにある。教えてくれ」

彦四郎が身を乗り出して訊いた。胸の内には、ここまで来たからには何とかして横川を捕らえたいという思いがあった。

「この店の前の道を右手に一町ほど行くとありやす。戸口に美鈴と書いた掛看板が出てやすから、すぐに分かりやすよ」

親爺が彦四郎に目をやって言った。

「美鈴か。……手間を取らせたな」

彦四郎は親爺に声をかけ、店先から離れた。

彦四郎と川島は、親爺に教えてもらった道を足早に歩いた。

「あの店ですよ」

川島が歩きながら指差した。半町ほど先の道沿いに小料理屋らしい店があった。

「そうらしいな」

ふたりが近くまで来ると、店の脇の掛看板に「御料理　美鈴」と書かれているのが見てとれた。

「どうします。戸口に近付いてみますか」

川島が言った。美鈴の出入り口は洒落た格子戸になっていた。店内には客がいるらしく、男たちの談笑の声が聞こえた。

「横川は来ているだろうか。店に入って訊いてもいいが……」

彦四郎がそう言ったとき、店内から戸口に近付いてくる足音が聞こえた。そして男と女の声がした。

「客が出てくるようだ」

彦四郎はそう言い、客が横川なら、この場で捕らえるなり討つなりすればいいと思った。

彦四郎と川島は急いで店の脇に身を隠した。その場なら店の戸口からは見えないだろう。

戸口の格子戸が開き、年増と男が姿を見せた。

「横川ではない！」

思わず、彦四郎が身を乗り出して言った。

店から出てきたのは、女将らしい年増と商家の旦那ふうの男だった。ふたりは店の戸口で何やら話した後、男だけが店先から離れた。

年増は店先から客と思われる男の後ろ姿に目をやっていたが、その姿が遠ざかると踵を返して店にもどった。

「あの男に訊いてきます！」

そう言って、川島がその場を離れた。

川島は走って商家の旦那ふうの男に追いつくと、何やら声をかけ、ふたりで話しながら歩き始めた。

川島は男と半町ほど歩いたところで足をとめた。そして、小走りに彦四郎のそばにもどってきた。

「店内に横川はいたか」

すぐに彦四郎が訊いた。

「それが、横川は顔を出しただけで、すぐ店を出たそうです」

川島が肩を落として言った。

「またもやか」

彦四郎も、がっかりして溜《た》め息《いき》をついた。

「自分の家に帰ったのかもしれません。行ってみますか」

川島が訊いた。

「いや、今日のところはこれまでにしよう。横川の家なら明日でもいい」

彦四郎は、これ以上無理をすることはない、と思った。

第三章　攻防

1

「川島、頼むぞ」

彦四郎が道場を出ようとしている師範代の川島に声をかけた。

このところ、川島は道場での稽古が終わった後、門弟たちを柳原通りの先まで送っていくことにしていた。まだ、柳原通りや新シ橋を渡った先などで、林崎道場の門弟だった男たちに襲われる恐れがあったのだ。

一方、彦四郎は道場に残ることにしていた。それというのも、近頃、素姓の知れぬ若い武士が道場近くに来て様子を窺《うかが》っているようなのだ。

彦四郎が門弟たちを送るために道場から離れると、裏手にある母家に妻の里美と娘のお花を残していくことになり、ふたりが狙われる恐れがあった。それで道場に残ることにしたのである。

彦四郎は道場の前に立って、川島と門弟たちの後ろ姿に目をやっていた。そして川島たちが遠ざかり、その姿が見えなくなるのを待って母家に行こうとした。そのとき、彦四郎は、通りの先にいるふたりの武士に目をとめた。

……あのふたり、道場を見張っているようだ。

彦四郎は胸の内でつぶやいた。

ふたりの武士は道場から一町ほど離れた仕舞屋の脇にいた。そこに身を隠して道場を見張っているらしい。

彦四郎は、ふたりの武士を林崎の手の者ではないかと思った。彦四郎や門弟たちの動きを探っているにちがいない。

……捕らえて話を訊いてみるか。

彦四郎は、通りの先に身を隠しているふたりを襲って捕らえるのは無理だが、ひとりなら何とかなると思った。

彦四郎は、ふたりを道場の前まで引き寄せて襲い、ひとりだけ捕らえることにした。

彦四郎はふたりの武士に自分の姿が見えるように道の中ほどまで出てから、道場の裏手にある母家にむかった。

母家の近くまで来て、それとなく振り返ると、ふたりの武士が仕舞屋の脇から道場の前につづく通りに出てきたのが見えた。ふたりは彦四郎を見失うまいとして、小走りに近付いてくる。

彦四郎は道場の裏手にまわった。そして道場の裏の出入り口から道場内にもどり、足音を忍ばせて道場の表の戸口に近付いた。

戸口に立って耳を澄ますと、ふたりの足音が聞こえた。ふたりは道場の脇の小径を母家にむかっているようだ。

彦四郎は道場の表戸を人がひとり出られるだけ、音がしないように開けた。そして通りに出て、道場の裏手につづく小径の前まで来た。

小径の先にふたりの武士の姿が見えた。ふたりは足音を忍ばせて裏手にある母家の方にむかっていく。

彦四郎は小径に踏み込み、ふたりの武士の背後に近付いてから、

「俺はここにいるぞ！」

と、声を上げた。

ふたりの武士は足をとめて振り返った。そして後方にいる彦四郎を目にすると、

「奴《やつ》は後ろだ！」

年上と思われる大柄な武士が驚いたような顔をして叫んだ。もうひとりの若い武士は咄嗟に言葉が出なかったとみえ、その場につっ立って目を剝いている。

「せっかくここまで来たのだ。俺が話を聞いてやる」

彦四郎はそう言って、小走りにふたりの武士に迫った。

すると、若い武士が反転して逃げようとした。彦四郎に恐れをなしたらしい。

「逃げるな！　相手はひとりだ」

大柄な武士が叫んだ。

だが、若い武士は小径から脇の雑草に覆われた場所に踏み込み、大柄な武士の後ろにまわり込んだ。若い武士は、大柄な武士が彦四郎とやり合っている間に逃げようとしたらしい。

「いくぞ！」

彦四郎は大柄な武士に近付くと刀身を峰に返した。峰打ちで仕留め、ふたりの武士は何者で何のために彦四郎を見張っていたのか、聞き出そうと思ったのだ。

大柄な武士は彦四郎と対峙《たいじ》すると、

「ここで斬り殺してやる！」

そう声を上げて抜刀した。

これを見た若い武士も刀を抜いたが、腰が引けていた。それに、彦四郎から三間ほども間をあけている。これでは踏み込んでも切っ先がとどかない。

彦四郎は青眼、対峙した大柄な武士は八相に構えた。彦四郎の構えは腰が据わり、隙がなかった。

一方、大柄な武士の八相の構えには隙があり、刀身がかすかに震えていた。刀をつかんだ両腕に力が入り過ぎているのだ。

「刀を引け！　勝負は見えたぞ」

彦四郎が声をかけた。

「勝負はこれからだ！」

叫びざま、大柄な武士が斬り込んできた。

八相から袈裟へ——。

唐突な仕掛けだが、彦四郎にはその太刀筋が見えていた。彦四郎は一歩身を引いて大柄な武士の切っ先をかわすと、タアッ！　と、鋭い気合を発して斬り込んだ。

青眼から袈裟へ――。

彦四郎の切っ先が大柄な武士の左の二の腕をとらえた。

大柄な武士は手にした刀を取り落とし、二間ほど前に踏み込んでから足をとめた。

そして反転し、地面に落ちた己の刀を拾おうとして右手を伸ばした。

「動くな！」

すかさず、彦四郎が大柄な武士の喉元《のどもと》に切っ先を突き付けた。

これを見た若い武士は抜き身を手にしたまま後退《ずさ》り、彦四郎との間合が開くと、通りの方に走りだした。逃げたのである。

彦四郎は逃げる男を追わなかった。大柄な武士に切っ先をむけたまま、逃げる男の後ろ姿に目をやっている。

2

彦四郎はその場で大柄な武士から話を聞こうと思ったが、道場の裏手から道場内に連れ込むことにした。彦四郎のいる場所は通りから見え、通行人たちが足をとめて彦四郎と大柄な武士に目をむけていたからだ。

彦四郎は大柄な武士を道場のなかほどに座らせた。大柄な武士は蒼褪めた顔で彦四郎を見上げた。左袖が血で真っ赤に染まっている。

「腕の傷で命を落とすようなことはない」

彦四郎が大柄な武士の前に立って言った。

大柄な武士は前に立った彦四郎を見上げたが、顔をしかめただけで何も言わなかった。

「おぬしの名は」

彦四郎が声をあらためて訊いた。

大柄な武士はいっとき口を開かなかったが、

「松田《まつだ》源太郎《げんたろう》……」

と、小声で名乗った。

「一緒にいた男の名は」

松田は戸惑うような顔をしたが、

「中島茂太郎《なかじましげたろう》」

と、名を口にした。恐らく、自分を見捨てて逃げたような男を庇《かば》う必要はない、と思ったのだろう。

「おぬしと中島はなぜ道場を見張っていたのだ」

「………」

松田は顔をしかめただけで何も言わなかった。

「おぬしらがこの道場に恨みを持っていたとは思えん。……何者かの指図に従ったのだな」

彦四郎が言うと、松田はちいさくうなずいた。

「誰の指図だ」

さらに彦四郎が訊いた。

松田は戸惑うような顔をしたが、

「俺たちが通っていた道場の者だ」

と言った。ただ、指図した者の名は口にしなかった。

「林崎源之介であろう」

彦四郎が林崎の名を口にした。

松田は驚いたような顔をして彦四郎を見た後、

「そうだ」

と、肩を落として言った。

「林崎の道場はつぶれたのではないか」

彦四郎はそう言った後、林崎道場は、このところ閉じたままではないか、と言い改めた。

「道場を改築して、近いうちに開くことになっている」

と、松田が小声で言った。自信がないような顔をしている。松田は胸の内で、近いうちに道場を開くのは無理だ、と思っているのかもしれない。

「林崎の指図にしたがって、門弟だった男たちが何人も動いているようだが、なぜだ。……おぬしもそうだが、林崎の子分ではあるまい」

彦四郎が訊いた。

「そ、それは……」

松田は言い淀《よど》んだ。

「林崎は門弟だった者たちに何か甘いことでも言って、自分の言いなりに動かそうとしているのではないか」

彦四郎は、道場主と門弟だったという関係だけで、男たちが命を懸けるような危ないことには従わないだろう、と思ったのだ。

「そうかもしれない」

松田は左手で自分の顔を覆いながら言った。

「おぬしにはどんなことを話したのだ」

「お、俺には、新たに道場を開いたら師範代を頼みたいと……」

松田が声をつまらせて言った。

「師範代な……」

彦四郎は、まだ若い松田に師範代は無理だ、と思ったがそのことは口にせず、

「林崎は他の男たちにも何か約束をしているのだな」

と、訊いた。林崎の指図で動いている若い武士が何人もいたからだ。

「そうらしい。……俺の知っている男には、将来、自分で道場を開く気があるなら手を貸してやると話したらしい」

松田が肩を落として言った。胸の内で、林崎の甘言に乗り命を懸けるような危ない橋を渡っている、と気づいたのだろう。

「松田、おぬしと同じように林崎の指図で動いている男はどれほどいるのだ」

彦四郎が松田を見据えて訊いた。

松田は戸惑うような顔をして黙っていたが、

「五、六人かもしれない」

と、小声で言った。あまり自信はないらしい。

彦四郎はちいさくうなずいただけで、いっとき黙っていたが、

「松田、これからどうする」

と、松田を見つめて訊いた。

松田はすぐに答えず、虚空を睨むように見据えて黙っていたが、

「林崎道場を出ます」

と、きっぱりと言った。

「それがいい」

彦四郎は腰を上げて道場を出ようとした。これ以上、松田と話すことはなかった

のである。

するとと松田が両手を道場の床につけ、

「お願いがあります」

と言って、彦四郎に深く頭を下げた。

「願いとは」

彦四郎が戸惑うような顔をして訊いた。

「それがしを門弟にしてください。千坂さまから剣術の指南を受けたいのです」

松田は彦四郎を見つめ、真剣な顔をして言った。

「……」

彦四郎は困惑した。

「俺は道場主の林崎の指図にしたがっていたが、以前から胸の内では、千坂さまから指南を受けたいと思っていました」

松田の訴えには必死さがあった。

「……稽古に来たいという者を拒みはしないが……」

彦四郎が声をつまらせて言った。松田の必死な思いが伝わってきたのだ。それに、松田が虚言を口にしているとは思えなかった。

「ありがとうございます！　さっそく通わせていただきます」

松田はそう言って、額が道場の床につくほど深々と頭を下げた。

3

翌日、彦四郎が道場に顔を出すと、数人の門弟の他に松田の姿もあった。松田は道場の戸口近くに座し、門弟たちはすこし離れた場で松田に目をやっている。

彦四郎は道場のなかほどに立つと、

「みんな、俺の前に集まってくれ」

と、笑みを浮かべて声をかけた。

すぐに門弟たちは彦四郎の前に集まった。松田はすこし遅れ、門弟たちとは離れた場に座った。

「松田、ここに来てくれ」

彦四郎は、松田を自分の脇に呼んだ。松田は林崎道場の門弟だったが、山田と同じく千坂道場に転向した男である。

　松田は頭を下げてから腰を上げ、彦四郎の脇に身を寄せた。

「この男の名は松田源太郎、すでに山田のことは紹介したが、松田も門弟としてこの道場に通うことになった」

　彦四郎が門弟たちに松田を紹介した。

「松田源太郎です。よろしくお願いします」

　松田は門弟たちに深々と頭を下げた。

　すると、彦四郎の前に居並んだ門弟たちは口々に「俺たちと同じ門弟だ！」「今日から仲間だ！」「一緒に稽古をしよう」などと声をかけた。松田は表情を和らげ、門弟たちを見てうなずいている。

　彦四郎が松田を紹介している場に、師範代の川島が姿を見せた。

　彦四郎は川島を呼んで自分の脇に立たせると、あらためて松田を紹介し、「今日から、この道場の門弟のひとりだ」と言い添えた。

　川島は松田を見つめて、

「よろしくな。一緒に稽古をしよう」

と、笑みを浮かべて言った。川島にとっても門弟が増えることは嬉しいことだった。

それから、彦四郎と川島は門弟たちの人数や道場での稽古のことなどを話した。そして、ふたりはいつもより長く一刻《いっとき》（二時間）ほど門弟たちに指南した後、残り稽古をしたい、という門弟だけを残して道場を出た。

彦四郎と川島には道場の稽古も大事だが、何としてもやらねばならぬことがあったのだ。今の状況では、門弟たちがいつ林崎たちに襲われて命を落とすか分からなかった。門弟たちの命を守るためにも、林崎と師範代の横川は討たねばならない。

「今日はどこへ行きますか」

川島が訊いた。

「まず柳原通りだな。通りに林崎と横川がいるかどうか確かめ、いなければ心当たりを探るしかない」

彦四郎が言うと、川島は顔を険しくしてうなずいた。

彦四郎と川島は柳原通りにむかった。門弟たちは柳原通りや神田川にかかる新シ橋を渡った先で襲われることが多かったのだ。

柳原通りは今日も賑わっていた。いつものように様々な身分の老若男女が行き交っている。

「変わりありませんね」

川島が言った。

「そうだな」

「新シ橋を渡ってみますか」

川島が新シ橋に目をやって訊いた。

「いや、今日はここから真っ直ぐ岩本町に行き、まず道場に林崎と横川がいるかどうか確かめよう」

彦四郎は、林崎と横川が道場にいればその場で手を打とうと思った。ふたりを押さえるなり討つなりすれば多くのことが解決する。

彦四郎と川島は柳原通りを西にむかった。いっとき歩くと、前方に神田川にかかる和泉橋が見えてきた。ふたりは和泉橋の西方に並んでいる武家屋敷の手前の道に入った。そして武家屋敷の南方にある道をたどり、林崎道場のある岩本町にむかった。彦四郎たちはこれまで何度か林崎道場まで行ったことがあったので、迷うことはない。

彦四郎と川島は通りの先に林崎道場が見えてくると、路傍に足をとめた。

「やはり道場の表戸は閉まっている」

川島が言った。

「念のため、道場の前まで行ってみるか」

彦四郎が言い、ふたりは道場の前まで行った。表戸の閉まった道場はひっそりとしていた。人のいる気配がない。

「道場には誰もいないぞ。……裏手の母家はどうかな」

そう言って、彦四郎が道場の脇から裏手にある母家に目をやった。母家もひっそりとして物音も人声も聞こえない。

「母家にも誰もいないようだ。以前、来たときは年寄りの使用人がいたが、家を出ているのかもしれん」

彦四郎がつぶやいた。

「どうします」

川島が訊いた。

「近所をまわって訊いてもいいが、林崎と横川の居所はつかめないだろうな。……そうだ、まず師範代の横川を探ってみるか」

彦四郎は横川を押さえて話を訊けば、林崎の行く先も知れるとみた。

「平永町に行ってみますか」

川島が訊いた。平永町に横川の住む家があるのだ。

「行こう」

彦四郎と川島はその場を離れ、柳原通りに出た。

ふたりは人通りの多い柳原通りを西にむかった。そして、和泉橋のたもとを過ぎてから左手に入る道に足をむけた。

「確か、一膳めし屋の脇にある道を入った先だったな。一膳めし屋の店の名は富沢屋だ」

歩きながら、彦四郎が言った。

「富沢屋に着いたぞ」

彦四郎が道沿いにある一膳めし屋を指差した。

4

彦四郎と川島は見覚えのある一膳めしの脇にある道に入った。道沿いには店屋がなく、仕舞屋や長屋らしい建物が並んでいる。

いっとき歩くと、道沿いにある何軒かの武家屋敷が見えてきた。門番や足軽らしい男の姿はなかった。

「手前にあるのが、横川の家だったな」

彦四郎が指差して言った。以前、横川の住む家をつきとめて横川の身辺を探ったことがあったのだ。

「近付いてみますか」

「そうだな」

彦四郎と川島は横川の家に近付いた。

家のなかはひっそりしていたが、誰かいるらしく、廊下を歩くような足音がかすかに聞こえた。

「横川がいるかどうか、確かめたいが」

彦四郎が言った。以前来たときは、横川は家にいなかった。富升という縄暖簾を出した飲み屋にいると聞いて行ってみたが、そこにもいなかった。彦四郎と川島は、富升で横川は美鈴という小料理屋に行ったのかもしれないと聞き、美鈴にも足を延ばしたが、横川は美鈴を出た後だった。

彦四郎と川島は横川家の前まで来ると、耳を澄ましてなかの様子を窺った。

「誰か、います」

川島が声をひそめて言った。

「足音が聞こえるな。……使用人ではないか」

彦四郎たちが以前来たときも、家にいたのは使用人だけだった。

「どうします」

「ともかく、家にいるのは誰か確かめよう」

彦四郎は、横川がいなければ諦めて道場に帰ろうと思った。この前来たときと同じように、行方をつきとめるために振り回されるのは御免である。

「それがしが家の者から横川がいるかどうか訊いてきます」

そう言って川島は戸口に近付き、板戸をたたいた。

すると、戸口に近付いてくる足音がし、板戸が開いた。姿を見せたのは、以前話を聞いたことのある使用人だった。

使用人は川島を見て驚いたような顔をした。以前、見たことのある男だったからだろう。

「また横川どのと話すことがあってな、来てみたのだ」

川島が愛想笑いを浮かべて言った。

「旦那さまはいませんよ」

使用人は素っ気なく言った。

「どこに行ったか、分かるか。……横川どのに至急伝えたいことがあるのだ」

川島がもっともらしく言った。

「旦那さまは、一杯飲んでくると言って、ここを出ましたが」

「どこで飲むと言っていた」

さらに川島が訊いた。

「店の名は聞いてませんが、小料理屋だったかな……」

使用人は語尾を濁した。はっきりしないのだろう。

「小料理屋というと、美鈴か」

川島の声が大きくなった。川島と彦四郎は、横川が美鈴という小料理屋を贔屓にしていると聞いて行ったみたことがあった。そのときは、横川が美鈴を出た後で討つことができなかった。

「美鈴だったかな……」

使用人は語尾を濁した。店の名は覚えていなかったのかもしれない。

川島はそれ以上、使用人から訊くことがなかったので、

「手間をとらせたな」

と声をかけ、近くにいて話を聞いていた彦四郎とともにその場を離れた。

「どうします」

川島が訊いた。

「今日のところは諦めて帰るか。……だいぶ歩いたからな」

彦四郎が苦笑いを浮かべて言った。

「念のため、美鈴に行ってみましょう」

川島はその気になっている。

「そうするか」

彦四郎も、帰りがけに美鈴を覗いてみてもいいと思った。

彦四郎と川島が富升のある通りに入っていっとき歩くと、前方に美鈴が見えてきた。

美鈴に近付くと、店内から男と女の談笑の声が聞こえた。美鈴の女将と客かもしれない。

「客がいるようですよ」

川島が小声で言った。

「店に入って、女将や客に直接訊くわけにはいかないし……。店から出てくるのを待つしかないな」

彦四郎はあらためて通りの左右に目をやった。身を隠して美鈴を見張る場所はないか探したのである。

「そこに表戸を閉めた店があるな。店の脇に身を隠して美鈴を見張るか」

彦四郎が、美鈴からすこし離れた道沿いにある間口の狭い店を指差した。今日はもう閉店したのか、表の板戸が閉めてある。

彦四郎と川島は表戸を閉めた店の脇に身を寄せた。

ふたりが美鈴を見張り始めて半刻（一時間）ほど経ったとき、美鈴の出入り口の洒落た格子戸が開いて、職人らしい男と女将と思われる年増が姿を見せた。

ふたりは店の戸口で何やら言葉をかわしていたが、職人らしい男だけ、その場から離れた。一方、女将は美鈴の戸口に立って客を見送っている。

「あの男に訊いてきます」

川島はそう言って店の脇から通りに出ると、小走りに男の後を追った。

ふたりは話しながら歩いていたが、ふたりの姿が通りの先に遠ざかったとき、川島が足をとめた。そして反転すると、小走りに彦四郎のいる方へもどってきた。職人ふうの男は背後を振り返って見ることもなく遠ざかっていく。

川島は彦四郎のそばに来るなり、

「美鈴に横川はいないようです」

と、残念そうな顔をして言った。

「いないのか」

彦四郎もがっかりした。

「ただ、横川は美鈴を贔屓にしていて、よく来るそうです。話を訊いた男は、横川と会いたいなら美鈴を覗いてみればいい、と言ってました」

「そうか。横川を捕らえるなら、林崎道場を探るより美鈴を覗いた方が早いということか。いずれにしろ、今日は諦めて道場に帰ろう」

彦四郎が川島に目をやって言った。

5

「気をつけてな」

彦四郎が、道場の戸口にいる川島に声をかけた。

「油断はしません」

川島がそばにいる門弟たちに目をやって言った。

彦四郎たちがいるのは千坂道場の前である。川島は稽古を終えて帰る門弟たちを柳原通りから神田川にかかる新シ橋を渡った先まで送っていく。まだ、林崎一門だった者たちに襲われる恐れがあったからだ。

川島はその場にいた五人の門弟に、「行こうか」と声をかけ、戸口から離れた。

彦四郎は川島たちを見送った後、道場の裏手にある母家にむかった。今日は、母家にいる妻の里美と娘のお花と過ごすつもりだった。このところ、彦四郎は家をあけることが多く、里美やお花と過ごすことが少なかった。

彦四郎が母家の戸口まで来ると表戸が開いて、里美とお花が出てきた。お花は手に木刀を持っている。

「父上、剣術の指南をお願いします！」

お花が声高に言った。

一緒に外に出た里美は、

「わたしが花の相手をすることもあるのですけど、わたしでは物足りないんですね。花は、父上と剣術の稽古をしたいと言って、朝のうちから庭に出て木刀を振っていたんですよ」

と、笑みを浮かべて言った。そういう里美も彦四郎と一緒に過ごしたいという思いがあるのだろう。

「よし、今日は花の相手をしてやるか」

彦四郎はすぐに母家の戸口から入り、木刀を手にしてもどってきた。相手が幼い娘とはいえ、木刀で打ち込んでくる相手に素手で立ち向かうわけにはいかない。

彦四郎はお花の前に立ち、

「花、打ち込んでこい！」

と声をかけ、青眼に構えていた木刀の先を右手にむけて下げた。正面をあけて、お花に打ち込ませようとしたのだ。

お花は摺り足で踏み込み、

「面！」

と声を上げ、木刀を彦四郎の面にむかって振り下ろした。

すかさず、彦四郎は手にした木刀でお花の一撃を受け、一歩身を引いて間合を広くとった。

「花、いい打ち込みだったぞ」

彦四郎が声をかけると、お花は嬉しそうな顔をし、

「父上、もう一度いきます！」

と声を上げ、ふたたび面に打ち込んできた。

彦四郎は身を引かずに、体の正面でお花の木刀を受けた。ふたりは身を寄せたまま、手にした木刀で押し合う格好になった。鍔迫り合いである。

「花、相手の木刀を押しながら、後ろへ下がれ！」

彦四郎が声をかけた。

するとお花は、エイ、という気合を発し、手にした木刀を押しながら後ろへ跳んだ。女の子とは思えないような俊敏な動きである。

すぐに彦四郎も一歩身を引き、ふたりの間合を広くとった。そして今度は面ではなく、小手に討ち込ませた。小手打ちもなかなか動きがいい。

それから、彦四郎は小半刻（三十分）ほどお花の相手をした後、

「花、今日の稽古はこれまでだ」

と言って、手にした木刀を下げた。

お花は額に浮いた汗を手のひらで拭《ぬぐ》いながら、「ありがとうございました！」と声を上げ、彦四郎に深々と頭を下げた。

お花は道場の稽古の様子を見ていたし、母親の里美からも「稽古のときは、相手

が父親であっても礼儀正しくしなければいけません」と教えられていたのだ。

「花、家にもどって冷たい水でも飲もう」

彦四郎はそう言って、母家の戸口に足をむけたが、ふいにその足が戸口の前でとまった。そして彦四郎は道場の方を振り返った。足音が聞こえたのだ。

「何かあったかな！」

彦四郎が言った。

道場の脇の小径をふたりの武士が小走りに近付いてくる。

「青山《あおやま》と佐々野《ささの》だ！」

彦四郎の声が大きくなった。ふたりは川島や他の門弟たちと一緒に、彦四郎が母家にもどる前に道場を出たばかりだった。何かあったのかもしれない。

彦四郎は里美とお花に家に入るように言ってから、急いで道場の脇まで行った。

ふたりの門弟は彦四郎の前で足をとめると、

「た、大変です。柳原通りで……」

と、青山が声をつまらせて言った。

「どうした！　何があったのだ」

　彦四郎が声高に訊いた。

「五人の男に、柳原通りで襲われました」

　青山が言った。

「襲ったのは何者だ！」

「名は分かりませんが、林崎道場の門弟だった男たちのようです」

「それで、誰か斬られたのか」

「は、はい。吉沢《よしざわ》と竹本《たけもと》が……」

「ふたりは死んだのか」

　彦四郎が眉を寄せて訊いた。

「死んではいませんが、深手のようです」

「川島はどうした」

　彦四郎が身を乗り出して訊いた。川島は、青山や佐々野たちと一緒に柳原通りまで行ったはずだ。

「師範代も怪我《けが》をされましたが、浅手のようです」

「ともかく柳原通りに行ってみよう」

彦四郎は急いで家に入り、里美に「急用ができたので出掛ける」と言い残し、青山たちとその場を後にした。

彦四郎は青山たちと一緒に道場の脇の小径をたどり、表の通りに出ると柳原通りにむかった。そして柳原通りに出ると、先導していた青山が「橋のそばです」と言って、新シ橋を指差した。

新シ橋のたもと近くに、人だかりができていた。様々な身分の老若男女が集まっている。そうした野次馬たちのなかには、柳原通りを歩いていて武士たちの斬り合いを目にし、その場に残った者もいるのだろう。

「ここです!」

人だかりのなかほどにいた川島が手を上げた。

川島の近くには町方らしい男と、その手先と思われる男の姿もあった。ただ、道場の門弟同士の立ち合いと知ったらしく、身を引いている。

見ると、川島の脇に一緒に道場を出た黒沢《くろさわ》の姿もあった。黒沢の顔は蒼褪め、体が震えている。ただ、斬られずに済んだようだ。小袖や袴に血の色はなかった。

「どいてくれ!」

青山が集まっている野次馬たちに声をかけた。

その場から身を引いた野次馬たちの先に、川島と黒沢に助け起こされている吉沢と竹本の姿があった。ふたりとも小袖が血に染まっている。

彦四郎は吉沢と竹本のそばに屈み、まず傷を見た。

……浅手ではないが、死ぬことはあるまい！

彦四郎は胸の内で声を上げた。

吉沢は肩から胸にかけて袈裟に斬られていた。小袖が裂けて血に染まっていたが、それほどの深手ではなかった。皮肉を裂かれただけだろう。

もうひとりの竹本は背後から斬られたらしい。吉沢と同じように、肩から背にかけて小袖が袈裟に裂けていた。吉沢より傷は深く、小袖がどっぷりと血を吸って赤く染まっている。

竹本も命を落とすようなことはない、と彦四郎はみた。出血はすくなくないが、傷口を布で強く押さえていれば出血もとまるはずだ。

彦四郎は、その場にいた川島と黒沢に傷口に布を当てて強く押さえるよう指示した。すると、川島はそばにいた門弟たちに持っている手拭いを出させ、吉沢と竹本の傷口に当てた。そして、門弟とともにふたりの傷口を強く押さえ、別の手拭いで縛った。

「これで、命にかかわるようなことはないだろう」

彦四郎がその場に集まっていた門弟たちに言った。

門弟たちはほっとしたような顔をして仲間たちとうなずき合った。

その後、彦四郎は、門弟たちが吉沢と竹本に付き添ってふたりの屋敷にむかうのを見届けてから、その場を離れた。

6

「たった五人か……」

彦四郎が、道場内で稽古をしている門弟たちを見てつぶやいた。

竹刀で打ち合う稽古を終え、竹刀の素振りをしているのは四人の門弟と師範代の川島だった。最近いつもそうだが、たったの五人ではどうにも活気が出ない。

「やめッ！　稽古は、これまで」

川島が四人の門弟に声をかけた。

門弟たちは竹刀を下ろし、川島と彦四郎に一礼してから着替えの間に入った。

彦四郎は川島に近付き、

「今日は、俺も川島と一緒に門弟たちを新シ橋の先まで送っていく。戸口で待っていてくれ」

と声をかけ、道場の裏手にある母家にもどった。母家で着替えてから、門弟たちを送っていくつもりだった。

彦四郎は母家からもどり、小袖に羽織姿で道場の戸口に来た。どこででも見掛ける身分の高くない武士のようだ。

彦四郎は川島たち五人と一緒に道場を出た。そして人通りの多い柳原通りに出て、神田川にかかる新シ橋にむかった。

彦四郎は新シ橋を渡り終えたとき、後方で橋を渡り始めた三人の武士に気付いた。柳原通りに出て新シ橋のたもとまで来たとき、その三人を目にとめていたのだ。

……後ろの三人、俺たちを尾けているのではないか。

と、彦四郎は思った。

彦四郎は川島に身を寄せ、「後ろの三人だが、俺たちの跡を尾けているようだぞ」と声をひそめて言った。

川島はうなずいた後、「どうします」と小声で訊いた。

「ひとり捕らえて話を訊いてみよう。三人の背後にはあいつらがいるはずだ」

彦四郎は、三人の背後で糸を引いているのは、道場主の林崎と師範代の横川だろう、とみた。

「それがしと門弟ふたりで先に橋を渡り、川沿いの道に身を隠して三人の行く手を塞ぎます」

川島が言った。

「挟み撃ちか。よし、俺とふたりの門弟で後ろから襲う」

彦四郎は、捕らえるのはひとりでいいぞ、と言い添えた。三人もの男を取り押さえて話を訊くのは無理である。

「承知しました。……では、お先に」

川島は、そばにいたふたりの門弟、北島《きたじま》と安原《やすはら》に声をかけた。

北島と安原は無言でうなずき、川島につづいて足早に新シ橋を渡った。そして川沿いの道に足をむけた。

一方、彦四郎はその場に残った門弟の矢島《やじま》と田崎《たざき》に、

「すこし身を引いてな、後ろの三人の逃げ道を塞げばいい。下手に仕掛けると返り討ちに遭う」

と、小声で言った。

矢島と田崎は無言でうなずいた。緊張しているらしく顔が強張っている。

「案ずるな。仕掛けるのは俺と川島だ」

彦四郎が表情を和らげて言うと、矢島と田崎は安心したのか、ほっとしたような顔をしてうなずいた。

三人はゆっくりとした歩調で歩いていく。

一方、彦四郎、矢島、田崎の三人は、そのまま真っ直ぐ北に足をむけた。そして、道沿いにあった蕎麦屋の脇に身を隠した。

背後から来た三人の武士は、新シ橋を渡ると橋のたもとで足をとめた。戸惑うような顔をして、真っ直ぐ北につづく道と神田川沿いにつづく道に目をやっている。

彦四郎たちが橋のたもとで二手に分かれたのを見たからだ。

「川沿いの道を行ってみるか。この場で別れた三人の姿が見える。真っ直ぐの道に姿が見えないのは、近くに身を隠しているからだ」

武士のひとりが言った。

「待ち伏せされてはかなわん。川沿いの道を行こう」

別のひとりが言い、三人は神田川沿いの道に足をむけた。そして、前方を歩いている三人に追いつくために足を速めた。


一方、神田川沿いの道を歩いていた川島は、それとなく背後を振り返って、三人の武士が川沿いの道に入り、足早に近付いてくるのを目にした。

「やはり、こちらに来たか」

川島が北島と安原に目をやって言った。

北島と安原は歩きながら背後に目をやった。三人の武士の姿を見たらしく、ふたりは緊張したように身を硬くした。顔が強張っている。

「案ずるな。こうなることは分かっていたのだ。……後ろの三人の後からお師匠たち三人が来るはずだ。……六人で挟み撃ちにするのが、われらの狙いだ」

川島が小声で言った。双眸《そうぼう》がいつになく強い光を放っている。

北島と安原は川島の話を聞いて表情が和らいだ。

川島たち三人は歩調も変えずに神田川沿いの道を歩いていく。一方、背後の三人はすこし足を速め、川島たちに迫ってくる。

川島は背後から来る三人の足音が聞こえるようになったとき、それとなく背後を振り返った。

「千坂さまたちだぞ」

川島が声をひそめて言った。背後から来る三人の敵の後方に、彦四郎、矢島、田崎の三人の姿が見えたのだ。彦四郎たち三人は足早に敵の三人に迫ってくる。

川島の声でその場にいた北島と安原が背後に目をやった。そして、北島が

「挟み撃ちですね」と昂った声で訊いた。

「そのつもりだが、油断するなよ」

川島は昂奮して下手に仕掛けると返り討ちに遭うので、北島の気を鎮めるためにそう言ったのだ。

「油断はしません」

北島が、脇にいた安原と顔を見合わせてうなずきあった。

三人の敵は川島たちに次第に近付いてきた。ただ、前方にいる川島たちに気をとられて、背後から迫ってくる彦四郎たちには気付いていないようだ。

7

「この辺りで仕掛けるか」

そう言って、川島は神田川沿いに植えられた柳を背にして足をとめた。北島と安原は、川島の両側に立った。

背後から来た三人の敵は、川島たち三人が柳を背にして足をとめたのを見て、驚いたような顔をした。そして三人で何やら言葉を交わしたが、すこし足を緩めただけで、川島たちに近付いてきた。相手も同じ三人なので、斬り合いになっても何とかなるとみたのかもしれない。

三人の敵の後方にいた彦四郎たち三人は小走りになり、敵に迫った。敵の三人は柳を背にして立っている川島たちに目を奪われているせいか、まだ彦四郎たちには気付かないようだ。

敵の三人は川島たちから五、六間離れたところで足をとめた。そして、三人の中では年上と思われる大柄な男が川島たちを見ながら、

「逃げるのを諦めたようだな」

と、口許《くちもと》に薄笑いを浮かべて言った。他のふたりも腕に自信があるのか、怯《おび》えているような表情はなかった。

「初めから逃げる気などない。われらはおまえたちを引き寄せて挟み撃ちにするために、この道を歩いてきたのだ」

川島が言った。

「なに！　挟み撃ちだと」

大柄な男が驚いたような顔をして振り返った。そして、背後から彦四郎たち三人が近付いてくるのを見ると、

「おのれ！　俺たちを罠《わな》に嵌《は》めたな」

と、目をつり上げて叫んだ。そばにいたふたりの男は身を硬くしてその場につっ立っている。

「観念しろ！」

川島が抜刀し、刀身を峰に返した。殺さずに峰打ちにするつもりだった。すると、そばにいた北島と安原も刀を抜き、刀身を峰に返して青眼に構えた。気が昂ってい るせいか、切っ先がかすかに震えている。

「行くぞ！」

川島が声を上げた。

その声に誘発されたのか、大柄な男が甲走《かんばし》った気合とともに斬り込んできた。

振りかぶりざま、真っ向へ──。

咄嗟に、川島は右手に体《たい》を寄せざま刀を横に払った。一瞬の太刀捌きである。

川島の峰打ちが大柄な男の脇腹をとらえ、大柄な男の刀は川島の左肩をかすめて空を切った。

大柄な男は手にした刀を落としてよろめいた。

「動くな！」

すかさず川島が踏み込んで、大柄な男の喉元に切っ先を突きつけた。

これを見た別のふたりの敵は慌てて後退りし、川島たちとの間がひらくと、反転して走りだした。

　川島のそばにいた北島が逃げるふたりを追おうとすると、

「逃がしてもいい。どうせ、ふたりは林崎道場の門弟か、横川に金で誘われて味方になった男たちだろう」

　彦四郎が素っ気なく言った。

　そのとき、いきなり大柄な武士が走りだした。彦四郎と川島が目をそらした一瞬の隙をとらえたらしい。

「どうします」

　北島が訊いた。

「あの男も、先に逃げた男たちと一緒だろう。どうだ、このまま岩本町に行ってみないか」

　彦四郎が川島に目をやって言った。

「林崎道場ですか」

「そうだ。逃げた男たちは林崎道場にもどるような気がする。それに、林崎か横川が家にいるかもしれない」

「林崎か横川がいれば、捕らえることもできますね」

川島が身を乗り出して言った。

「門弟たちがいなければな」

逃げた三人に加え、別の門弟が林崎道場にいれば、林崎と横川を捕らえるなり討つなりするのは無理だろう。下手をすると返り討ちに遭う。

「念のため、行ってみますか」

川島が乗り気になって言った。

「そうだな。ともかく林崎道場を見てみるか」

彦四郎は大勢で林崎道場へ行くのは避けようと思った。大勢だと人目を引いて騒ぎが大きくなる。そうなると、林崎が母家にいても事前に察知して姿を消すだろう。また、林崎が別の門弟たちと一緒に母家にいて立ち向かってくれば、味方のなかから犠牲者が出る。

彦四郎と川島はそばにいた門弟たちと別れ、その足で林崎道場のある岩本町にむかった。

人通りの多い柳原通りを西にむかい、神田川にかかる和泉橋の近くまで来ると、道沿いに並んでいる武家屋敷の手前の道に入った。

　ふたりは通りの先にある林崎道場の近くまで来ると、歩調を緩めた。

「道場には、誰もいないようだ」

　彦四郎が言った。道場はひっそりとして人声も物音も聞こえなかった。誰もいないらしい。

「母家はどうですかね」

　川島が道場の脇にある小径に目をやった。その小径の先に母家はある。

「林崎はいないと思うが、念のため行ってみるか」

　彦四郎が言い、小径をたどって裏手にむかった。

8

　彦四郎と川島は母家の前まで行くと、前と同様に狭い庭に植えられたつつじの陰に身を隠した。

「誰かいるようですよ」

川島が小声で言った。家のなかからかすかに足音が聞こえた。廊下を歩くような音である。

「使用人ではないか」

彦四郎がつぶやいた。以前、川島とふたりで来たとき、家にいた年寄りの使用人から話を聞いたことがあったのだ。

「足音の主は、使用人のようです」

川島がうなずいた。川島も使用人のことを思い出したらしい。

「他には、誰もいないようだ」

彦四郎がつぶやいた。

「念のため、使用人に訊いてみますか」

川島はそう言うと、「それがしの顔を覚えているかもしれませんので」と小声で言い添え、懐《ふところ》から手拭いを出して頰《ほ》っ被《かむ》りをした。

「それでは盗人《ぬすっと》のようだぞ」

彦四郎が苦笑いを浮かべた。

「転んで髷《まげ》が乱れたので手拭いで押さえている、とでも言っておきますよ」

川島はそう言い残し、戸口まで行った。

「誰かいないか！」

川島が戸口に立って声をかけた。

すると、家のなかで障子を開ける音につづいて足音が聞こえた。足音は戸口に近付き、つづいて土間に下りる音がした。

すぐに戸口の腰高障子が開き、以前話を聞いたことのあるすこし腰のまがった年寄りが姿を見せた。

年寄りは戸口に立っている彦四郎と川島を見て、首を傾げた。見たような顔だが、咄嗟に思い出せなかったようだ。

「俺たちは以前、林崎どのに伝えたいことがあって来たことがある」

川島がもっともらしく言うと、年寄りはうなずいた。

「そうだ。旦那さまのことで来られたお方だ」

年寄りが表情を和らげて言った。思い出したらしい。

「林崎どのはいないのか」

川島が訊いた。

「せっかく来てもらったのに旦那さまはいねえんで……」

　年寄りはすまなそうな顔をした。

「出掛けたのか」

「そうなんで……。近頃、旦那さまは家にも道場にもいねえことが多いんでさァ」

「どこへ出掛けたか分かるか」

「それが分からねえんで。旦那さまはあっしに何も言わねえで出掛けることが多いんでさァ」

　年寄りは眉を寄せた。

「林崎どのはひとりで出掛けたのか」

　さらに、彦四郎が訊いた。

「いえ、お侍がふたり、家に迎えに来やしてね。そのふたりと一緒に出掛けやした」

「迎えに来たふたりは門弟だった男ではないか」

「旦那、よくご存じで……。ひとりは師範代だったお方でさァ」

「師範代と言うと、横川どのか」

彦四郎が横川の名を口にした。

「そうでさァ」

「どこへ出掛けたか知っているか」

「はっきりしたことは分からねえが、贔屓にしている飲み屋に行くような口振りでしたよ」

年寄りは家にもどりたいような素振りを見せた。林崎や横川のことを喋り過ぎたと思ったのかもしれない。

「その飲み屋は富升ではないか」

「よくご存じで」

年寄りはそう言うと、「あっしはやりかけた仕事がありやして」と小声で言って頭を下げた。

「手間を取らせた。とにかく富升に行ってみよう」

そう言って彦四郎は踵を返した。

彦四郎と川島は母家から出ると、平永町にある富升にむかった。

彦四郎たちはいったん柳原通りに出てから西にむかい、平永町のある通りに入った。そしていっとき歩くと、見覚えのある一膳めし屋が見えてきた。彦四郎たちは一膳めし屋の前を通って一町ほど歩いてから足をとめた。

「店は開いているようです。……富升に、林崎と横川は来ているかな」

川島が富升を見つめて言った。

「いるかどうか知りたいが、店に押し入るわけにもいかないな。店内には他の客もいるからな」

彦四郎は、店内にふたりがいれば大騒ぎになり、逃げられるのではないかと思った。

「しばらく様子をみるか」

彦四郎が言い、川島とふたりで富升からすこし離れた路傍に足をとめた。

ふたりが富升を見張り始めて小半刻（三十分）ほど経ったろうか。富升の出入り口の格子戸が開いて、職人ふうの男がふたり出てきた。ふたりは何やら話しながら、通りを歩いていく。

「それがしがふたりに訊いてきます」

そう言って、川島はその場を離れた。

彦四郎は路傍に残り、川島とふたりの職人ふうの男に目をやった。

「富升にはいないそうです。ふたりの話だと、半刻（一時間）ほど前、店を出たようです」

彦四郎のそばにもどってきた川島が残念そうな顔をして言った。

「出た後か。……それで、行き先は知れたのか」

彦四郎が訊いた。

「それが、ふたりともやつらが店を出た後のことは何も知らないようです」

「道場にもどったのなら途中で顔を合わせたはずだし、俺たちの知らない情婦《おんな》のところへでも行ったのか」

彦四郎は苦笑いを浮かべて言った。

「どうします」

川島が声をあらためて訊いた。

「ここは辛抱だ。……林崎の道場と富升に目を配っていれば、必ず林崎と横川を討つ機会はある」

彦四郎が語気を強くして言った。

第四章　追撃

1

彦四郎は道場の正面にある師範座所の前に立ち、門弟たちの稽古の様子を見ながら、「活気がないな」とつぶやいた。

道場内で、六人の門弟と師範代の川島が打ち込み稽古をしていた。川島と門弟のなかでは年長の安原が上座に立ち、他の五人の門弟が踏み込んで、面、小手《こて》、胴を打つのである。

稽古をしている門弟たちの人数もすくないが、ひとりひとりに活気がないように感じられるのだ。

彦四郎は門弟たちに活気がない理由が分かっていた。人数がすくないこともあるが、これまで何人かの門弟が、林崎道場の門弟と思しき男たちに襲われ、斬り殺されたり、深手を負ったりしていたからだ。

このところ門弟たちの多くが、次は自分が襲われて殺されるのではないかという不安と恐怖に襲われ、稽古にも力が入らないのだ。

打ち込み稽古が小半刻（三十分）ほどつづくと、「やめッ！」という川島の声が道場内に響いた。これで打ち込み稽古は終わりである。

それから門弟たちは竹刀で素振りを始めた。素振りは最後の稽古であると同時に、打ち込み稽古を終えた後の体をほぐす軽い運動のようなものである。

素振りを終え、門弟たちと川島が着替えの間に入ると、彦四郎はすぐに母家に行き、稽古着を小袖と袴に着替えた。そして道場の戸口にまわった。

戸口には川島と三人の門弟が待っていた。

彦四郎と川島は三人の門弟とともに道場から離れ、柳原通りに出た。通りは相変わらず人出が多かった。

彦四郎たちは神田川にかかる新シ橋のたもとまで来ると足をとめ、通りの左右に目をやった。自分たちを尾けてきた者がいないかどうか確かめたのである。

それらしい男の姿はなかった。柳原通りは大勢の男が行き交っていたが、跡を尾けてきたと思われる武士の姿は見当たらなかった。

彦四郎たちは新シ橋を渡ってから橋のたもとで足をとめた。そして彦四郎は町中につづく道や神田川沿いの道に目をやったが、不審な武士の姿はなかった。

「林崎の手の者が跡を尾けてきた様子はないな」

彦四郎がその場にいた門弟たちに目をやって言った。

「はい、ここまで来れば安心です」

一緒に来た門弟のひとりが言うと、

「お師匠、これから先は自分たちだけで帰ります」

別の門弟が彦四郎に頭を下げて言った。

「そうだな。ここまで来れば安心だ。……俺と川島は所用があるので、ここで別れるぞ」

彦四郎が言うと、脇にいた川島がうなずいた。

同行した門弟のひとりが彦四郎と川島に顔をむけ、「ありがとうございました！」と言って頭を下げると、他の門弟たちも深々と頭を下げた。

「明日《あした》も、道場で待っているからな」

川島が門弟に声をかけ、彦四郎とふたりでその場を離れた。

彦四郎と川島はふたたび新シ橋を渡り、柳原通りにもどった。そして道場ではなく、柳原通り沿いにつづく道を西にむかった。岩本町にある林崎道場に行くつもりだった。道場主の林崎、それに師範代の横川がいるかどうか確かめ、いれば討ち取るか捕らえるか、何らかの手を打つつもりだった。

彦四郎と川島は神田川にかかる和泉橋の手前まで来ると、川沿いの道から左手につづく道に入り、武家屋敷の裏手にまわった。そして、いっとき歩くと林崎道場が見えてきた。

ふたりは道場の手前まで来て足をとめた。

「静かですね。誰もいないようだ」

川島が声をひそめて言った。

「いや、何人かいる。……それも武士らしい」

彦四郎はそう言うと、足音を忍ばせて道場に近付いた。川島が背後からついてくる。

彦四郎と川島は道場の脇にある小径に身を寄せた。その小径の先に母家がある。

人声はその母家から聞こえたのだ。

ふたりは小径をたどり母家の前まで行くと、狭い庭に植えられたつつじの陰に身を隠した。

「聞こえるぞ!」

彦四郎が声をひそめて言った。

「何人かいるようです」

川島は武士たちが話をしているらしい、と言い添えた。

「門弟たちだな。……いや、門弟だった男たちだろう」

「道場主の林崎もいますよ」

「林崎もいるな」

彦四郎は、男たちのやりとりのなかで、師匠、と呼ぶ声を耳にしたのだ。

「門弟たちが何を話しているか聞いてみよう」

彦四郎が声をひそめて言うと、川島がうなずいた。

彦四郎と川島はその場に身を隠したまま聞き耳をたてた。家のなかのやりとりは聞き取れたが、たいした話ではなかった。どこどこの飲み屋には色っぽい女がいるとか、どこの一膳めし屋がうまいとか、そんな話である。

ただ、師範代の横川はその場にいないようだった。それらしい声は聞こえなかったし、横川に話しかける者もいなかった。

それからいっときすると、林崎の「近いうちに道場を開くつもりだ」という声が聞こえた。すると、家のなかが急に静かになった。門弟たちはお喋りをやめ、林崎の次の言葉を待っているらしい。

「道場を改築してな、大勢で稽古ができるよう道場を広げるつもりだ」

林崎が言うと、

「道場は新しくなるだけでなく、広くなるのだ」

門弟のひとりが言い添えた。

「存分に稽古できるぞ！」

別の門弟が声高に言った。

すると、その場に集まっている男たちの間から「待った甲斐《かい》があったな」「道場が開いたら真っ先に来る」などというやりとりが聞こえた。

それから半刻（一時間）ほど経ったろうか。母家での男たちのお喋りはつづいて

いたが、

「森田《もりた》、帰らなくていいのか。今日は仕事があると聞いていたぞ」

と、林崎が声をかけた。

「そうだ！　これで帰らせてもらいます」

男が慌てたような口調で言い、立ち上がる気配がした。

どうやら森田という門弟は、所用があるので先に帰らせてください、と林崎に話していたらしい。

2

「森田が出てくるぞ。横川の居所を訊いてみよう」

彦四郎が声を殺して言った。

彦四郎と川島はつつじの陰から離れると、急いで表通りに出た。そして、森田という門弟が姿を見せるのを待った。

「来ました！」

川島が指差して言った。

見ると、道場の脇の小径から若い武士がひとり歩いてくる。森田という武士らしい。森田は急ぎ足で、彦四郎たちが身を隠している表通りに出てきた。

「道場からすこし離れたところで森田に訊いてみよう」

彦四郎がそう言い、川島とふたりで通り沿いにあった別の家の脇に身を隠し、森田が通り過ぎるのを待った。

彦四郎たちの前を森田が急ぎ足で通り過ぎた。半町ほど離れると、彦四郎と川島は通りに出て、森田の跡を追った。

彦四郎たちは小走りに森田を追い、背後に近付いたところで「森田どの！　森田どの！」と彦四郎が声をかけた。

すると、森田は驚いたような顔をして振り返り、彦四郎と川島を目にすると「それがしでござるか」と、首を傾げて訊いた。どうやら彦四郎と川島のことは話に聞いていただけで、顔を見るのは初めてらしい。

「森田どのにお訊きしたいことがござる。それがしは近くに住む者で、坂田《さかた》と申します」

彦四郎は咄嗟に頭に浮かんだ名を口にした。

するとか脇にいた川島も、

「それがしは島崎《しまざき》と申します」

と、やはり頭に浮かんだ偽名を口にした。

「坂田どのと島崎どのでござるか……」

森田は首を傾げた。ふたりが何者か分からなかったし、坂田と島崎という名の男にも覚えがなかったのだろう。

「お訊きしたいことがあります。歩きながらで結構だが……」

彦四郎はそう言い、森田が歩きだすのを待ち、肩を並べた。川島は彦四郎の後からついてくる。

「何が訊きたいんです」

森田が先に訊いた。

「さきほど道場の脇から出てきたのをお見掛けしたのだが、そこもとは道場と関係があるのですか」

彦四郎がもっともらしく訊いた。

う。

「それがしは門弟のひとりだが……」

森田は語尾を濁した。見知らぬ武士にいきなり道場との関係を訊かれたからだろう。

「すると、道場のことをよくご存じですね」

彦四郎が森田に身を寄せて訊いた。

「そのつもりだが……」

森田は小首を傾げた。

「それなら話が早い。道場はいつごろ開かれます。それがしの弟が道場に入門して剣術の稽古がしたいと言い出しましてね。道場が開かれるのはいつごろか、訊きたかったのです」

彦四郎が咄嗟に頭に浮かんだことを口にした。

「はっきりしたことは分からないが、二、三か月後には……」

森田は言葉を濁した。道場がいつごろ開かれるのか知らないのだろう。

「待ちます」

すぐに彦四郎が言った。胸の内で、道場は開けないようにしてやる、とつぶやいた。

「そうですか」

森田は素っ気なく言い、すこし足を速めた。見知らぬ武士といつまでも話したくなかったのだろう。

彦四郎も足を速め、森田と肩を並べたまま、

「ところで、師範代の横川どのも一緒におられたのですか。……いえ、横川どのとは話したことがあるので」

と、横川の名を出して訊いた。

「横川どのは、いなかったな」

森田が小声で言った。

「横川どのとお会いしたかったのだが……」

そう言って、彦四郎は残念そうな顔をした後、

「どこにおられるか、ご存じかな。せっかくここまで来たのだ。近くにおられるなら、お目にかかりたいが」

と、森田に身を寄せて言った。

「横川どのなら贔屓にしている小料理屋にいるかもしれません」

そう言って森田はすこし足を速めた。話し過ぎたと思ったのかもしれない。

「小料理屋というと、美鈴かな」

彦四郎は以前探ったことのある美鈴を口にした。

「よく、ご存じで……。美鈴に行けばきっと会えますよ」

森田はさらに足を速めた。

彦四郎と川島は足をとめ、森田がその場から遠ざかるのを待った。

「美鈴に行ってみるか」

彦四郎が川島に声をかけた。

「行きましょう。……美鈴ならここから遠くない」

川島も乗り気になった。

彦四郎と川島は平永町にある美鈴に向かった。

彦四郎たちは来た道を引き返し、見覚えのある一膳めし屋のある通りに入り、いっとき歩くと美鈴が見えてきた。

「美鈴に横川はいるかな」

彦四郎が言った。

「店に入って確かめるわけにはいかないし……。すこし離れた場で様子を見ますか」

川島が言うと、彦四郎がうなずいた。

3

彦四郎と川島は、美鈴から半町ほど離れた道沿いに枝葉を繁らせていた椿の樹陰に身を隠した。その場で美鈴を見張ろうと思ったのである。

それから半刻（一時間）ほど経ったが、横川は姿を見せなかった。

「横川が美鈴にいなかったら無駄骨だな」

彦四郎が生欠伸を堪《こら》えて言った。

「何とか横川が店内にいるかどうかだけでも知りたいが」

そう言って川島は両腕を突き上げて伸びをした。

「店の戸口まで行ってみるか。客のやりとりが聞こえるはずだ」

彦四郎が言った。美鈴の出入り口は洒落た格子戸になっていた。近付けば客の声が聞こえるだろう。

「それがしが客を装って戸口まで行ってみます」

川島がそう言って美鈴に向かって歩きだしたが、ふいにその足がとまった。美鈴の出入り口の戸が開いて人影が見えたのだ。

「誰か出てきた！」

川島はすぐに身を引いた。

美鈴の戸口から姿を見せたのは、職人ふうの年配の男と花模様の洒落た着物姿の年増だった。年増は店の女将らしかった。客である男を見送るために店先まで出てきたのだろう。

男は店先で足をとめると、「女将、また来るぜ」と声をかけた。そして、店先から離れるとゆっくりとした歩調で歩きだした。

男が店先から遠ざかると、女将は踵を返して店内にもどった。

「あの男に訊いてきますよ」

川島が遠ざかっていく職人ふうの男の後を追った。

彦四郎はひとり路傍に立ち、川島と職人ふうの男に目をやっている。

川島は美鈴から一町ほど離れたところで職人ふうの男に追いつき、何やら声をかけた。やがて踵を返し、彦四郎のいる方に小走りにもどってきた。一方、職人ふうの男は振り返って背後を見ることもなく、ひとり肩を揺すりながら歩いていく。

川島は彦四郎のそばに来るなり、

「み、店に横川はいないようです」

と、息をはずませて言った。小走りにもどってきたので呼吸が乱れたらしい。

「いないのか」

彦四郎はがっかりしたように肩を落とした。

「店にいたようなのですが、半刻（一時間）ほど前に出たそうです」

川島が言い添えた。

「半刻ほど前か。……ひと足遅かったな」

「横川は店の女将を贔屓にしていて、よく来るようですから、近くに来たとき美鈴を覗けば、きっと捕まえられますよ」

「そうだな。林崎道場と美鈴を何度か覗けば、林崎と川島を捕まえて討ち取ることができそうだ」

彦四郎が言うと、川島がうなずいた。

「どうします」

川島が訊いた。

「今日のところは道場に帰るか」

そう言って彦四郎が歩きだすと、川島は残念そうな顔をしたが黙ってついてきた。


翌日、彦四郎と川島は道場でいっそう人数のすくなくなった門弟たちと稽古をし、いつものように新シ橋を渡ったところまで送っていった。そしてふたりは道場にはもどらず、柳原通りを西にむかった。

彦四郎と川島の行き先は岩本町にある林崎道場である。何としても道場主の林崎と師範代の横川を討ちたかった。ふたりにこのまま勝手なことをやられると、千坂道場に門弟が寄りつかなくなり、道場がつぶれるかもしれない。それが林崎や横川の狙いである。

「林崎は岩本町の道場にいますかね」

歩きながら川島が訊いた。

「分からん。ただ、林崎と横川がいないからといって門弟たちの姿もないということはあるまい。何といっても、岩本町の道場は、横川や門弟たちの集まる場所だからな」

彦四郎が言った。

ふたりは神田川にかかる和泉橋の手前まで来ると、川沿いの道から左手につづく道に入った。そして、武家屋敷に足をむけ、いっとき歩くと林崎道場が見えてきた。彦四郎と横川が何度も行き来した道である。

ふたりは道場の脇にある小径をたどり、母家の近くまで来て足をとめた。

「静かですね」

川島が声をひそめて言った。

「誰かいるようだが……」

彦四郎は、母家からかすかに聞こえてくる男の声を耳にしたのだ。

「武士のようです」

川島が言った。母家から聞こえた声の主は、武士らしい物言いをしたのだ。

「ここで様子を見るか」

彦四郎が声をひそめて言うと、川島がうなずいた。

彦四郎と川島は母家の前の庭に植えられたつつじの陰に身を隠した。そこは前にも身を隠した場所で、母家にいる者のやりとりも耳にすることができる。

どうやら、林崎と横川はいないようだ。聞こえてくるのは若い門弟らしい男の声だけである。

彦四郎と川島の耳に届くのは、「近いうちに林崎道場を開く」とか、「その前に千坂道場をつぶす」という声が多かった。どうやら門弟たちは、林崎や横川から千坂道場の悪口を存分に聞いているらしい。

彦四郎と川島がその場に身を隠して一刻《いっとき》（二時間）近く経ったろうか。戸口に近付いてくる足音がして表戸が開いた。姿を見せたのは若い武士だった。おそらく林崎道場の門弟だった男であろう。

「あの男に林崎と横川のことを訊いてみますか」

川島が若い武士を見つめて言った。

「そうだな。家から離れたら近付いて訊いてみよう」

彦四郎が言い、若い武士が母家から出るのを待った。

そして、彦四郎と川島は若い武士が小径から表通りに出るのを見て、つつじの陰から離れた。

彦四郎と川島は表通りで若い武士に追いつくと、「しばし、しばし」と彦四郎が背後から声をかけた。

若い武士は立ち止まり、彦四郎と川島を見て不安そうな顔をした。見知らぬふたりの武士に背後から声をかけられ、襲われると思ったのかもしれない。

「いや、すまん。訊きたいことがあってな」

彦四郎が笑みを浮かべて言った。

その笑顔につられたように若い武士も笑みを浮かべた。不安そうな表情は消えている。

「さきほど林崎どのの道場の脇から出てきたのを見たのだが、そこもとは門弟かな」

彦四郎はそう訊いて、ゆっくりと歩きだした。

若い武士も彦四郎と肩を並べて歩きだし、「そうです」と声高に言った。

「ところで、そこもとは道場主の林崎どのと一緒だったのかな」

彦四郎が林崎の名を出して訊いた。

「いいえ、林崎さまは一刻《いっとき》（二時間）ほど前、何人かの門弟たちと一緒に道場を出られたそうです」

若い武士が急に声をひそめて言った。何かあったのか顔が緊張している。

「どこへ行かれたのです」

すぐに彦四郎が訊いた。

「そ、それは……」

若い武士は声をつまらせた。かすかに体が震えている。行き先を口止めされているのかもしれない。

「情婦《おんな》のところかな」

彦四郎は何とか林崎たちの行き先をつきとめたかった。

「豊島町と聞きましたが」

若い武士が声をひそめて言った。

「豊島町だと！　豊島町のどこだ」

突然、彦四郎の声が大きくなった。豊島町には千坂道場があるのだ。しかも道場には彦四郎も川島もいない。門弟たちも午前中の早いうちに簡単な稽古をして帰している。残っているのは母家にいるはずの里美と花の女ふたりである。

「た、確か剣術道場と……」

若い武士は彦四郎の剣幕に首をすくめ、声をつまらせて言った。

「何！　剣術道場だと」

彦四郎が目を剥いて言った。林崎たちは神田豊島町にある彦四郎の道場へむかったらしい。腕のたつ数人の門弟と一緒に道場に押し入り、誰もいないと知れば母家にも押しかけるにちがいない。

「林崎！　女たちに手を出すなよ」

彦四郎は自分の道場のある方角に目をやって言うと、急に走りだした。一刻も早く、自分の道場へ帰らねばならない。

脇にいた川島が後を追ってきた。若い武士は驚いたような顔をしてその場につっ立ち、急に走りだした彦四郎と川島を見ている。

「うつけ屋敷の旗本大家」邸内の人間関係
絵・おおさわゆう
呑み仲間
大矢小太郎
(おおやこたろう)
家主。文武両道の大矢家当主
中村円之助
(なかむらえんのすけ)
歌川偕楽
(うたがわかいらく)
歌舞伎役者と美人画絵師。よく喧嘩している
父親
大矢官兵衛
(おおやかんべえ)
家主。酒・金・女に目がないご隠居
息子
追い出したい
佳乃(よしの)
清楚で可憐な老中の妾
好意
弱みを握る
相模屋(さがみや)
借家で賭場を開くゴロツキ一味
長谷川洪庵
(はせがわこうあん)
獣の死体解剖が趣味の蘭方医
堀田敷島斎
(ほったしきしまさい)
倒幕思想を持つ国学者

うつけ屋敷の旗本大家《おおや》

井原忠政からのメッセージ

刊行記念

井原忠政　脚本家を経て二〇一六年に小説家へ。「三河雑兵心得」シリーズで『この時代小説がすごい！ ２０２２年版』１位。別名義に経塚丸雄。

子母沢寛の『父子鷹』がモチーフとなった。主人公の父と子は、小吉と海舟よりかなり小粒だから「父子トンビ」と呼ぶべきか。要は、天保期の江戸を舞台にした痛快バディ物である。

旗本の大矢家では、屋敷内に六軒の貸家を建てた。六人の店子はどれもワケアリの曲者揃いで、大矢父子は彼らの尻拭いに奔走させられる。まるで裏長屋の大家さんだ。大家は、労多くして益少ない仕事だが、真摯に取り組めば、喜びと成長がもたらされた。

これって——子育てと似ている。往時「大家といえば親も同然、店子といえば子も同然」なぞと語られた所以であろう。

未婚で子育て経験のない倅と、遊び人でやはり子育て未経験の父が一致協力、六人の子供＝店子を守り、叱り、励ます物語に、どうぞ御期待下さい。

井原忠政

4

彦四郎と川島はいったん柳原通りに出てから豊島町にむかった。そして、ふたりは神田川にかかる新シ橋のたもと近くまで行き、右手につづく通りに入った。その辺りは豊島町で、通りの先に千坂道場がある。

彦四郎と川島は走りづめで道場の近くまで来た。

「ど、道場の戸が……」

川島が声をつまらせて言った。肩で息をしている。

道場の表戸が一枚ぶち割られ、外されていた。そこから何者かが道場に侵入したらしい。

彦四郎は、表戸の外されたところから道場内を覗くと、

「誰もいない！　母家へ行くぞ」

そう叫び、道場の脇の小径をたどって母家にむかった。川島も必死の形相で、彦四郎の後からついていく。

彦四郎と川島が母家の前まで来ると、

「戸が外れています！」

と、川島が後ろから声を上げた。母家に出入りする戸口の板戸が放り出されている。林崎たちはここから母家に押し入ったのかもしれない。

家のなかはひっそりとして、物音も話し声も聞こえなかった。

彦四郎は戸口まで来るなり、

「花！　里美！」

と、大声で呼んだ。

すると、静寂につつまれていた家のなかでかすかに物音がした。畳を踏むような音である。その音につづいて「花、父上です！」という里美の声がした。次いで障子を開ける音がし、

「父上！　父上！」

と、呼びながら、バタバタと廊下を通る足音が響いた。お花らしい。

「花！　里美！」

もう一度、彦四郎が叫んだ。

すぐにお花が戸口に出てきた。その背後に里美の姿がある。

「父上！」

お花が彦四郎を見るなり、声を上げた。そのお花の背後に姿を見せた里美は「あ、あなた！」と声を詰まらせて言った後、両手で顔を覆った。涙声を上げるのを、抑えようとしたらしい。

「安心しろ。もう大丈夫だ。ここに来た男たちはもういないぞ」

彦四郎はふたりに声をかけた。

林崎たちは道場に踏み込んだ後、裏手にある母家にも来たらしい。おそらく、里美は道場内の物音を耳にし、何者かが踏み込んできて荒らした後、母家にも来るかもしれないと思い、花と一緒に身を隠したにちがいない。

「は、花、もう大丈夫ですよ。父上と川島さまが帰ってこられましたからね」

里美が涙ぐんで言った。

「よかった！　林崎の手にかからずに……」

彦四郎はほっとした顔をしてふたりを見つめている。

脇に立っている川島も安心したのか、ふたりの顔を見ながら「ふたりとも無事でよかった」とつぶやいた。

　彦四郎たち四人は、急に力が抜けたように肩を落として家の戸口の前に立っていたが、

「ふたりとも家に入ってください。お茶を淹《い》れますから」

と、里美が言った。顔にふだんの笑みがもどっている。

「川島、茶を飲んでいけ。里美と花から訊きたいこともあるのでな」

　彦四郎が川島に目をやって言った。

「馳走《ちそう》になりますか」

　川島も笑みを浮かべて言った。

　里美が彦四郎と川島を案内したのは、戸口から入ってすぐの座敷だった。そこは客間になっているのだが、滅多に客が来るようなことはなく、お花の遊び場と言ったほうがいいかもしれない。

　里美とお花は奥の座敷から彦四郎たちの座布団を持ってくると、座敷のなかほどに置いた。

「川島、そこに腰を下ろしてくれ」

彦四郎は座布団に腰を下ろすと笑みを浮かべ、脇にあるもう一枚の座布団に手をむけた。

「では、遠慮なく」

川島が座布団に腰を下ろした。

すると座敷の隅に残っていた里美が「茶を淹れます」言い、傍らに立っているお花に「花も手伝って」と小声で言った。

お花は嬉しそうな顔をして里美に従い、家の裏手にある流し場にむかった。お花は、父親と師範代の川島と一緒に同じ座敷で話ができるのが嬉しいらしい。

里美が湯飲みと急須を盆にのせて運んでくると、お花はちいさな湯飲みを手にして入ってきた。お花が普段使っている湯飲みである。

里美は彦四郎と川島の膝先に湯飲みを置くと、急須で茶をついだ。お花の湯飲みにもふたりと男と同じようについでやった。お花は胸を張り、嬉しそうな顔をして彦四郎と川島に目をやっている。大人にでもなったつもりなのか、彦四郎たちと同じように振る舞いたいらしい。

「花、こわかったか」

彦四郎が穏やかな声で訊いた。

「こわかったけど、そばに母上がいたので泣かなかった」

お花が里美を見上げて言った。

「そうですよ。花は強かったの」

里美が、お花の肩先に手を置いて言った。

「それを聞いて、安心したぞ」

そう言って、彦四郎はいっとき茶を飲んでから、

「ここに踏み込んできたのは林崎という男でな。俺と同じように剣術道場を開いていたのだが、近頃門弟がすくなくなって道場を閉じている。……道場が傷んできたこともあるが、門弟がすくなってきたのは千坂道場に流れたせいだと思い込んで、この道場の門弟たちを柳原通りや新シ橋を渡った先で襲ったのだ」

そう話した後、めずらしく妻と子の前で険しい顔をした。

「ひどい話ですね」

里美が眉を寄せて言った。すると、里美の脇に座っていたお花が身を乗り出し、

「今度来たら、花が竹刀で打ってやる」

と言って胸を張った。

「花、竹刀で打つ前に母に知らせるのだぞ。……間違えて、父の道場の門弟たちを打ったりすると、道場に寄り付かなくなるからな」

彦四郎が苦笑いを浮かべて言った。

5

翌日、道場での稽古に顔を見せたのは師範代の川島と四人の門弟だった。道場との行き帰りに襲われるのを恐れ、日に日に門弟がすくなくなっていく。

彦四郎は門弟たちとの稽古が終わると、四人の門弟をそばに呼んだ。川島は彦四郎の脇に立っている。

「俺たちに手を出す者たちは分かっている。……なに、近頃は相手の住処《すみか》もつかんでいるので、この道場の者たちに手を出すのもそう長くはない」

彦四郎が言うと、脇に立っていた川島が、

「安心しろ。これ以上、この道場の者に手を出させはしない」

と、言い添えた。

その場にいた四人の門弟たちの顔に安堵の色が浮いた。四人で顔を見合わせてうなずき合っている。

彦四郎と川島は着替えてから道場を出ると、門弟たちと一緒に柳原通りに足をむけた。そして新シ橋を渡った先まで同行し、尾行者や林崎道場の門弟と思われる男の姿がないのを確かめてから、その場で別れた。

彦四郎と川島は門弟たちの姿が通りの先に見えなくなると、柳原通りに出て岩本町にある林崎道場にむかった。そして和泉橋の手前まで来ると、右手にある道に入った。その道をたどると林崎道場のそばに出られる。

彦四郎と川島は林崎道場の近くまで来ると、足をとめた。

「道場には誰もいないようだ」

彦四郎が言った。道場の表戸は閉まっていた。道場内はひっそりとして人声も物音も聞こえない。

「いるとすれば、母家だが」

彦四郎と川島は道場の脇にある小径に目をやった。

くる。


「門弟のようだ」

彦四郎も身を引き、道場の脇に身を寄せて隠れた。

門弟らしい武士がふたり、何やら話しながら小径をたどって表通りの方に歩いてくる。

彦四郎と川島はふたりの武士が表通りに出るのを待って道場の脇から出た。

「しばし、しばし、お訊きしたいことがござる」

彦四郎がふたりの武士の背後から声をかけた。

ふたりの武士は足をとめて振り返った。

「何かな」

大柄な武士が訊いた。こちらが兄弟子かもしれない。

「今、おふたりが道場の脇の道から出てこられたのを目にしたのだが、ご門弟でござるか」

彦四郎が丁寧な物言いで訊いた。

「いかにも門弟でござる」

大柄な武士が言うと、もうひとりの武士が無言でうなずいた。

「おふたりの足をとめては申し訳ない。歩きながらで結構でござる」

彦四郎が言い、ふたりの脇に立ってゆっくりと歩きだした。

ふたりの武士は彦四郎と肩を並べて歩いていく。そのふたりの背後から川島がついていく。

「道場には誰もいないようだが、道場主の林崎どのや師範代の横川どのは母家におられたのかな。もう何年も前になるが、われらは林崎どのと横川どのから剣術の指南を受けたことがありましてね。おふたりがおられたら、挨拶だけでもしようと思ってお訊きしたのだが」

彦四郎は咄嗟に頭に浮かんだことを口にした。

「おふたりはおられませんでしたよ」

大柄な武士が小声で言った。

「それは残念だ。ところで、近所にお住まいならお尋ねしたいが、林崎どのと横川どのはどこにおられるかご存じかな」

幻冬舎文庫 6月の新刊

幻冬舎文庫は
毎月10日ごろ
発売!

2022.06

うつけ屋敷の旗本大家《おおや》

井原忠政

＼新シリーズ!／

682円

キマジメ旗本の悩みの種は、莫大な借金と、珍妙な店子《たなこ》たち!?

大矢家当主・小太郎が甲府から江戸へ帰ると、博打で借金を作った父が邸内で貸家を始めていた。ゴロツキ博徒など曲者の住人に手を焼きつつ、借金返済と出世を目指す。痛快無比の新シリーズ!

書き下ろし

小梅のとっちめ灸
金子成人

新シリーズ!

759円

病いも悪党もこのお灸でやっつける!

面倒見のよい小梅と母・お寅の灸据所「薬師庵」は大賑わい。ある日、親しい料理屋が不当な取り締まりに遭った件をきっかけに、小梅は江戸にはびこる悪党どもの思惑に気が付いて……。新シリーズ始動!

書き下ろし

新・剣客春秋
吠える剣狼

鳥羽 亮

新シリーズ!

759円

人気シリーズ、新地平!! これが鳥羽亮の剣、家族愛——

稽古帰りの門弟が何者かに斬られる事件が続発し、門弟が激減した千坂道場。道場主の彦四郎が始めた執念の探索で炙りだされた下手人、呆れるばかりの犯行理由とは? シリーズ幕開けの第一弾!

書き下ろし

番所医はちきん先生 休診録三

散華の女

井川香四郎

検屍で死因が分からなかった番所医の八田錦は、定町廻り筆頭同心の許しを得て腑分け（解剖）に臨む。彼女が突き止めた思わぬ事実とは……？　表題作ほか全四話収録の第三弾！　6月、7月、二か月連続刊行!!

書き下ろし

847円

猫《ねこ》戯《じゃ》らし

小烏神社奇譚

篠 綾子

神と猫は、妄執がお嫌い。

竜晴のもとに猫にまつわる相談事が舞い込む。かつて猫を斬った名刀を検めて欲しいというのだ。さらに江戸の墓を荒らしているものがいるとの噂が耳に入り……。人気シリーズ第五弾！

書き下ろし

803円

江戸美人捕物帳

入舟長屋のおみわ

ふたつの星

山本巧次

深川の長屋を仕切るお美羽は器量はいいが、気が強すぎて婚期なのに独り身。ある朝、長屋に住む大工が普請した芝居小屋の席が崩れる。傑作時代ミステリー！

書き下ろし

803円

7月7日(木)発売予定！

- まず、自分を整える 毎日、ふと思う 帆帆子の日記21　浅見帆帆子
- リセット　五十嵐貴久
- 死神さん 嫌われる刑事　大倉崇裕
- とめどなく囁く(上)(下)　桐野夏生
- 焦眉 警視庁強行犯係・樋口顕　今野 敏
- 神奈川県警「ヲタク」担当 細川春菜3 夕映えの殺意　鳴神響一
- なんで僕に聞くんだろう。　幡野広志
- ニッポン47都道府県正直観光案内　宮田珠己
- 奇跡のバックホーム　横田慎太郎
- 番所医はちきん先生 休診録四 花の筏　井川香四郎

彦四郎がふたりの武士に目をやって訊いた。

「林崎さまはどこへお出掛けになったか知りませんが、横川さまなら行き先を知っています」

大柄な武士が言った。

「どこです。せっかく訪ねてきたのだ。横川どのにだけでもお目にかかりたい」

彦四郎が言うと、脇を歩いていた川島がうなずいた。

「一刻《いっとき》（二時間）ほど前、横川さまは、一杯やってくる、と言って、出掛けたのですが……」

大柄な武士は語尾を濁した。行き先は言いづらいのかもしれない。

「美鈴かな」

彦四郎は横川が贔屓にしている小料理屋の名を口にした。

「よくご存じですね。横川さまは美鈴に行かれたようです」

大柄な武士の口許に薄笑いが浮いた。よからぬことを想像したのかもしれない。

「近いから美鈴に寄ってみますか」

彦四郎がそう言い、そばにいた川島に目をやった。川島は黙ってうなずいた。

彦四郎と川島は路傍に足をとめ、ふたりの武士が遠ざかるのを待ってから美鈴にむかった。

彦四郎と川島がいっとき歩くと、道沿いにある美鈴が見えてきた。店の戸口に見覚えのある美鈴と書かれた掛看板が出ている。

「また、店から客が出てくるのを待ちますか」

川島が訊いた。以前、彦四郎と川島は美鈴から出てきた商家の旦那ふうの男から店内に横川がいるかどうか訊いたことがあったのだ。

「それしかないな」

彦四郎が言い、ふたりは美鈴の脇に身を隠した。そこは以前、身を隠して美鈴を見張った場所である。

ふたりがその場に立って小半刻（三十分）ほど経ったろうか。美鈴の出入り口の洒落た格子戸が開いて、職人ふうの男がふたり出てきた。ふたりはだいぶ酔っているらしく、腰がふらついている。

ふたりの男につづいて女将が姿を見せた。彦四郎たちは以前女将の姿も目にしていたのですぐにそれと知れた。

女将は店の戸口で足をとめ、「お気を付けて」とふたりの男に声をかけた。そして、ふたりの男が店先から離れると、すぐに踵を返して店内にもどった。おそらく、店内には別の客がいて、いつまでも帰りの客を見送っているわけにはいかなかったのだろう。

「あのふたりに訊いてきます」

川島がそう言い、通りの先にいるふたりの男の跡を追った。

川島は彦四郎のそばまで戻ってくるなり、

「横川はいないそうです」

と、声をひそめて言った。

「いないのか」

彦四郎は肩を落とした。

「でも行き先は知れました」

すぐに川島が言った。

「どこだ」

「平永町にある家に帰ったそうです。行ってみましょう」

川島はその気になって先にたった。

彦四郎と川島は西につづく道筋をたどって平永町に入った。そして一膳めし屋の脇にある道をいっとき歩くと、川島が路傍に足をとめた。

「横川はいるかな」

彦四郎も川島のそばに立って横川の住む家に目をやった。

「いきなり家に踏み込むわけにはいかないし、横川がいるかどうかだけでも知れるといいのですが……」

川島が横川家の戸口に目をやってつぶやいた。

「この前来たときは使用人に訊いたな……。そうそう都合よく家から出てはこないだろう。近所で訊いてみるのも手だが」

そう言って、彦四郎は通り沿いにある何軒かの武家屋敷に目をやった。

その武家屋敷の他に仕舞屋や長屋らしい建物もあった。店屋はないようだ。

それから小半刻（三十分）ほど経ったろうか。横川家を囲った板塀にあった戸が開いた。そこが家の出入り口になっているらしい。

姿を見せた男に見覚えがあった。横川家の使用人である。

「あの男に訊いてみます」

川島が言い、すぐに使用人に足をむけた。

川島と半町ほど話しながら歩いていた使用人は、そのまま歩いていく。用事があって横川家を出たらしい。

川島は彦四郎のそばに戻るなり、

「横川は一杯飲むと言って家を出たようです」

と、昂った声で言った。

「店の名は訊いたか」

「富升だそうです」

すぐに川島が言った。

「飲み直す気か！」

彦四郎の声が大きくなった。

「行ってみますか」

川島が訊いた。

「行こう。横川を討ついい機会だ」

彦四郎は川島とともに富升にむかった。

6

彦四郎と川島が来た道を引き返し、いっとき歩くと道沿いにある縄暖簾を出した飲み屋が見えてきた。富升である。

ふたりは富升から半町ほど離れた路傍に足をとめた。

「店に踏み込みますか」

川島が訊いた。

「いや、横川が店から出てくるのを待とう。店のなかには他にも客がいるはずだ。騒ぎになると店の裏手から逃げられるかもしれない」

彦四郎も川島も店の裏手がどうなっているか知らなかった。それに裏手の他にも逃げ道があるとみておいた方がいい。いずれにしろ、ふたりだけで横川を討つなり捕らえるなりするためには、横川が店から出てきたところを襲い、前後を固めて逃げ道を塞ぐしかない。

「承知しました」

川島が顔を険しくしてうなずいた。

彦四郎と川島は、富升からすこし離れた場所で店を開いていた蕎麦屋の脇に身を隠した。その場で横川が出てくるのを待つのである。

横川は富升からなかなか出てこなかった。彦四郎と川島がその場に身を隠して一刻（二時間）近くも経ったろうか。

痺れをきらした川島が、

「客のふりをして、店の様子を探ってきます」

と言い残し、蕎麦屋の脇から通りに出た。

歩きだした川島の足がふいにとまった。そして、慌てて彦四郎のいる蕎麦屋の脇にもどってきた。

「誰か、店から出てきます！」

川島が声を殺して言った。

店内から戸口に近付いてくる足音が聞こえた。ふたりらしい。

富升の表戸が開き、ふたりの男が姿を見せた。

……横川だ！

彦四郎は胸の内で声を上げた。戸口から出てきたのは、横川と前垂れをかけた年配の男だった。年配の男は飲み屋の親爺である。

ふたりは戸口で足をとめると、横川が「また来る」と親爺に声をかけ、その場を離れた。親爺はいっとき横川の後ろ姿に目をやっていたが、横川が遠ざかると踵を返して店内にもどった。

「横川を捕らえるぞ！」

彦四郎が言い、その場から出ると横川の跡を追った。

川島も飛び出し、彦四郎と肩を並べて足早に横川の跡を追ったが、「それがしがやつの前に出ます！」と言い残して走りだした。彦四郎も川島と離れないように足を速めた。

川島は横川に近付くと走るのをやめ、足音をたてないようにして迫った。そして横川のそばまで来ると、再び走りだした。彦四郎も走り、川島に遅れずに横川の背後に迫った。

横川は川島と彦四郎のふたりの足音に気付いたらしく、足をとめて背後に目をやった。

「千坂と川島か！」

横川が声を上げた。

このとき、川島は横川のすぐ近くまで迫っていた。そして、横川が足をとめて振り返るとさらに足を速め、道の端を通って横川の前にまわり込んだ。一方、彦四郎は横川の背後に近付いた。

横川は川島が前にまわったのを目にし、慌てて道の端を背にして立った。前後から挟み撃ちになるのを避けようとしたのだ。

「横川、年貢の納め時だな」

彦四郎がそう言って、左手から横川に近付いた。

一方、川島は右手から近付いていき、横川から三間ほどの間合をとって足をとめた。

彦四郎は川島が横川の脇に近付いたのを見て、

「いくぞ！」

と、声をかけて抜刀した。

これを見た横川も抜刀し、彦四郎に体をむけて青眼に構えた。切っ先を彦四郎の首の辺りにむけている。

彦四郎は刀身を峰に返して八相にとった。峰打ちにして生きたまま捕らえるつもりだった。

彦四郎と横川との間合はおよそ二間半。立ち合いの間合としては近いが、ここは相手を生け捕りにするための戦いといっていい。

「ふたりがかりで、俺を捕らえる気か！」

横川が叫んだ。

「横川、刀を捨てろ！　痛い目をみるだけだぞ」

彦四郎がそう言って半歩近付いた。

「おのれ！」

叫びざま横川が斬り込んできた。

振りかぶりざま、真っ向へ――。

一瞬、彦四郎は体を右手に寄せて刀身を袈裟に払った。素早い動きである。

横川の切っ先は、彦四郎の左の肩先をかすめて空を切り、彦四郎の刀身の先は横川の左の二の腕を強打した。

　横川は手にした刀を取り落とし、前によろめいた。だが、すぐに体勢を立て直し、足元に落ちた刀をつかもうとした。

「動くな！」

　彦四郎が声をかけ、横川の鼻先に切っ先を突き付けた。

「お、おのれ！」

　横川は顔をしかめてその場につっ立った。

「縄をかけろ！」

　彦四郎が声をかけると、川島は手にした刀を鞘に納め、横川に近付いた。

　川島は、このようなときのために用意した細引を懐から取り出し、横川の両腕を後ろにとって縛った。

　横川は打たれた左腕が痛むらしく、顔をしかめて呻き声を上げた。骨にひびでも入ったようだ。

　彦四郎と川島は、捕らえた横川を路傍の枝葉を繁らせた樫の陰に連れ込んだ。人目に触れない場所で話を訊こうと思ったのだ。

7

「千坂道場まで連れていって話を訊いてもいいが、ここから遠いからな」

彦四郎は、話を訊いた後、その場で横川を解き放ってもいいと思った。左腕の骨にひびが入っているらしいので、しばらくの間、刀は使えないだろう。刀が自在に使えないうちは刀を手にして歯向かってくることもないはずだ。

「横川、林崎の指図にしたがって動いていたのか」

彦四郎は核心から訊いた。

横川は顔をしかめたまま口を開かなかった。左腕が痛むのだろう。

「腕の傷は、命にかかわるようなものではない」

彦四郎はそう言った後、あらためて林崎の指図で動いていたのかを訊いた。

「そうだ」

横川は顔をしかめたまま言った、

「林崎は何ゆえ、これほどまでに千坂道場にこだわるのだ」

彦四郎が声をあらためて訊いた。

「…………」

横川は口をつぐみ、虚空を睨むように見据えている。

「林崎道場の門弟だった男たちが、千坂道場に流れてきたからか」

「それもある」

横川が小声で言った。

「他にも理由があるのか」

「……ある」

「どんな理由だ」

「林崎道場にはないものが、千坂道場にはあるからだ。それがあるうちは道場を開いても門弟たちはもどらないだろう」

横川が肩を落として言った。顔には諦めきったような表情があった。こうなったら隠しても無駄だと思ったようだ。

「林崎道場に、ないものとは」

彦四郎が横川を見つめて訊いた。

「活気だ。門弟たち同士の啀《いが》み合いはなく、生き生きしている。……だから、門弟が門弟を呼び、林崎道場の門弟たちが千坂道場に移るのだ」

「……俺は、特別なことはやっていないがな」

彦四郎が首を傾げた。

「特別なことなどやらなくていいのだ。千坂道場のように門弟たちを信じ、上から押しつけの稽古だけでなく、時には門弟たちの好きなようにやらせてやればな」

横川が千坂道場を褒めた。

「そんなものか……」

彦四郎がつぶやいた。胸の内には、横川は思っていたような悪玉ではない、という思いがあった。口にするのはもっともらしいことばかりである。

「横川の言うとおりですよ。うちの道場のいいところは、門弟たちを信じて、好きなようにやらせていることです」

それまで黙っていた川島が口を挟んだ。

「川島も、門弟たちに押しつけるようなことはしないしな」

彦四郎が川島に目をやってつぶやいた。

次に話す者がなく、その場が沈黙に包まれると、

「他にも訊きたいことがあるのだが」

彦四郎が声をあらためて言った。

「なんです」

「他の門弟たちは、おぬしと同じように林崎道場をみていないのか。……今でも林崎道場には門弟たちが集まって、何やらよからぬ相談をしているようではないか」

彦四郎が首を傾げて訊いた。

「集まっている門弟たちは林崎の胸の内を忖度《そんたく》し、それに従うように動いているのだ。……林崎に睨まれるのが怖いからだよ」

横川が肩を落として言った。おそらく自分自身も林崎に睨まれるのを恐れて動いていたのだろう。

彦四郎はいっとき口をつぐんでいたが、

「ところで、林崎は今後もこれまでと同じように千坂道場の門弟の跡を尾けたり、襲ったりするつもりか」

と、気になっていたことを訊いた。

「これまで以上かもしれない。……林崎は、近頃、門弟たちのなかに道場を離れる者が出てきたことを気にしている。すこしでも早く始末をつけようと、手を打ってくるはずだ」

「このままということはないのか……」

黙って聞いていた川島がつぶやくと、

「林崎が道場を再開し、門弟たちが稽古を始めるまでは、そこもとたちの道場の門弟を襲ったり、嫌がらせをしたり……。道場主らしからぬことをつづけるはずだ。俺も林崎の指図にしたがって動いていたのだから偉そうなことは言えないが……」

横川はそう言って頭を垂れた。顔に後悔と苦渋の色がある。

次に口を開く者がなく、その場が沈黙につつまれると、

「横川、これからどうするつもりだ」

彦四郎が小声で訊いた。横川は、これだけ林崎や門弟たちのことを喋ったのだから、林崎道場にはもどれないだろう。

いっとき横川は虚空に目をやって黙っていたが、

「俺がそこもとたちに話したことが林崎に知れたら、道場に行けないだけでなく、

しばらく身を隠さねばならない。いつ、門弟たちに襲われて殺されるか分からないからな」

と、厳しい顔をして言った。

「身を隠す場所は、あるのか」

彦四郎が訊いた。

「叔父が、本所の横網町《よこあみちょう》にある屋敷の庭で近所に住む武士の子弟たちを集めて剣術の指南をしている。道場の真似事《まねごと》だが、俺もそこで指南の手伝いをするつもりだ」

横川がつぶやくような声で言うと、

「それがいい。……機会があったら千坂道場にも顔を出してくれ。一緒に稽古をしてもいいぞ」

彦四郎が言うと、そばにいた川島がうなずいた。

第五章　道場襲撃

1

「気を付けて帰れよ」

　彦四郎が、稽古を終えて帰るふたりの門弟、秋山《あきやま》と佐々野に声をかけた。

　稽古場には六人の門弟がいたのだが、四人はすこし前に道場を出ていた。秋山と佐々野は住まいが近いこともあって、稽古後も残って打ち込みや竹刀の素振りなどをつづけたので遅くなったのだ。

　秋山と佐々野はあらためて彦四郎と近くにいた川島に頭を下げてから、道場の戸口から離れた。

「川島、何とかしないとな。このままだと道場をつづけられなくなる」

　彦四郎は脇に立っている川島に目をやって言った。

川島は彦四郎に顔をむけ、

「林崎を討つしかないような気がします」

と、小声で言った。その顔には苦悶《くもん》の表情があった。

「そうだな」

彦四郎と川島は、人影のない戸口に目をむけていっとき口をつぐんでいたが、

「川島、どうだ。竹刀の素振りでもやるか。……稽古を怠ると、林崎と出会ったとき後れをとるかもしれんぞ」

彦四郎が言った。稽古のためではなく、胸の内の鬱積《うっせき》を晴らすために体を動かしたかったのだ。

「やりましょう」

川島はすぐに同意した。

ふたりは道場の隅の竹刀掛けにある竹刀を手にし、道場のなかほどにもどって、素振りを始めた。

彦四郎と川島が竹刀の素振りや打ち込み稽古などをしていると、道場の戸口に走り寄る足音がした。

「誰か来たようだ」

彦四郎は素振りをやめ、戸口に目をやった。

足音は戸口でとまり、土間に飛び込んでくる足音がし、

「大変です！　佐々野が斬られました」

と、秋山の叫び声が響いた。

彦四郎と川島は竹刀を手にしたまま戸口に飛び出した。

「佐々野が斬られただと！」

彦四郎がすぐに訊いた。

「は、はい！……や、柳原通りに出て、すぐ」

秋山が肩で息をしながら、声をつまらせて言った。

「刀をとってくる」

彦四郎はすぐに道場にもどり、正面の師範座所の脇に置いてあった刀をつかんだ。

川島は着替えの間にもどり、刀を手にして戸口から出た。ふたりとも敵が現場に残っているときのことも考えて、刀を持っていくのだ。

彦四郎と川島は道場から出ると、秋山の先導で柳原通りにむかった。道場から柳

原通りまですぐである。柳原通りにはいつものように様々な身分の老若男女が行き交っていた。

「あそこです！」

秋山が新シ橋の方を指差した。

新シ橋のたもと近くに人だかりができていた。いずれも通りかかった者たちらしい。その人だかりのなかほどから苦しげな呻き声が聞こえた。佐々野の声らしい。

「そこを開けてくれ！」

秋山が叫んだ。すると、その場に集まっていた野次馬たちが身を引き、人だかりが左右に割れた。

人だかりのなかに佐々野の姿があった。地面にへたり込み、右手で左の二の腕を押さえている。

佐々野は左の二の腕を斬られていた。小袖が裂け、血に染まっている。

「手拭いを貸してくれ！」

彦四郎が背後にいた川島と秋山に声をかけ、自分も稽古の後で汗を拭いた手拭いを懐から取り出した。

川島も「これを使ってください」と言って、手拭いを彦四郎に手渡した。秋山は手拭いを持ってこなかったらしく、その場に立ったままである。

彦四郎は川島の手も借り、まず小刀の先で佐々野の左袖を切り取り、傷口を露にした。左の二の腕が斜めに裂け、血が流れ出ている。

……早く血をとめねば命を落とす！

と、彦四郎はみた。斬られた箇所は腕だが、心臓に近いせいもあって出血が激しかった。

彦四郎は川島にも手伝わせ、まず折り畳んだ手拭いを傷口に当て、別の手拭いを佐々野の左腕に巻きつけてから強く縛った。

佐々野は顔をしかめて、己の左腕を見ている。

「これで出血はとまる。……命にかかわるようなことはない」

彦四郎が語気を強くして言った。佐々野の不安を取り除くためもあって、そう言ったのだ。

佐々野の顔から不安そうな表情が消えた。まだ、痛みは残っているようだが、

「お師匠たちの御蔭で助かりました」

と言って頭を下げた。

「佐々野、立てるか」

彦四郎が声をかけた。

「はい!」

佐々野は右手で左の二の腕を押さえて立ち上がった。

2

彦四郎と川島は、佐々野と秋山のふたりの前後について新シ橋を渡った。渡った先に佐々野の家がある。

先導していた彦四郎は橋を渡った先で足をとめ、

「ところで、佐々野を襲ったのは何者だ」

と訊いた。人通りの多い柳橋通りで襲ったことからみても、下手人は大勢ではないだろう。腕の立つ者がひとりかふたりとみていい。

「分かりません。小袖に袴姿の武士がふたり足早に近付いてきて、千坂道場の門弟かどうか訊いたのです」

　佐々野が言った。

「それで」

「ど、道場からの帰りだと答えると、左手にいたひとりが……いきなり刀を抜いて斬りつけてきて……」

　佐々野の声は震えていた。斬られたときのことを思い出したらしい。

　彦四郎は「そのふたり、林崎道場の者だな」とつぶやいた。

　彦四郎の顔がいつになく険しく、双眸が燃えるようにひかっている。彦四郎は胸の内で、「このままにしてはおかぬ！　林崎と門弟たちを討ち取り、佐々野らの敵を討ってやる」と、叫んだ。

　彦四郎と川島は新シ橋のたもとで佐々野と秋山のふたりと別れ、彦四郎と川島だけが新シ橋を渡り、柳原通りにもどった。

「このまま林崎道場へむかいますか」

　川島が訊いた。

「そのつもりだ。……これ以上、林崎たちに勝手な真似はさせぬ」

彦四郎の顔は険しかった。何の罪もない門弟を襲って、いきなり斬りつけたことが許せなかったのだ。

彦四郎と川島は柳原通りを西にむかい、和泉橋の手前で左手の通りに入った。そして、いっとき歩いたところで、右手の通りに足をむけた。その通りの先に広がる岩本町に林崎道場はある。

岩本町に入っていっとき歩くと、道沿いにある林崎道場が見えてきた。彦四郎と川島は道場からすこし離れた路傍に足をとめた。

「林崎はいるかな」

彦四郎は胸の内で何としても林崎を討ちたいと思った。林崎を討たねば、林崎一門の者たちが千坂道場の門弟に手を出すことをやめないだろう。

「道場に近付いてみますか」

川島が言った。

「そうだな」

彦四郎と川島は通行人を装って道場の近くまで来た。そして路傍に足を止め、あらためて道場に目をやった。

道場の表戸は閉まっていた。道場内はひっそりとして人声も物音も聞こえなかった。誰もいないらしい。

「変わらないな」

彦四郎がつぶやいた。

これまで彦四郎と川島は何度か道場の近くまで足を運んできたが、道場は閉まったままで人気《ひとけ》がなかったのだ。

「母家かな」

川島が言った。

「母家を覗いてみるか」

彦四郎が言うと、川島はうなずいて先に立った。

ふたりは、道場の脇の小径をたどって裏手にむかった。その小径も彦四郎たちは何度か行き来したことがあった。

彦四郎と川島は辺りに人影がないのを確かめてから、母家の前にある狭い庭に植えてあったつつじの陰に身を隠した。

「誰かいる！」

彦四郎が身を乗り出して言った。母家のなかから話し声が聞こえてきた。ひとりではなく何人かいるらしい。

「門弟たちのようです」

川島が声をひそめて言った。母家から聞こえたのは武士と思われる男たちの会話だった。

彦四郎も話の子細は聞き取れなかったが、稽古の様子を話しているのが分かった。

川島は黙ってうなずいた後、「林崎はいないようです」と、彦四郎に顔をむけて言った。

「そのようだ」

彦四郎は、門弟たちのやりとりのなかで師匠とか林崎さまという声を聞き取ったが、林崎と思われる男の返答はなかった。

彦四郎と川島はその場に身を隠して門弟たちのやりとりを聞いていたが、林崎の行き先は分からなかった。

「どうします」

川島が訊いた。

「林崎の行き先が分かるといいのだが……」

彦四郎は、林崎に同行したと思われる門弟がいなければ、討つことができるとみた。

「道場の脇にもどって、話の聞けるような門弟が出てくるのを待ちますか」

川島が言った。

「そうだな。母家にいる門弟なら林崎の行き先を知っているはずだからな」

彦四郎はそう言い、川島とふたりで小径をたどって道場の脇へ出た。

「ここで待つか」

彦四郎が言うと、川島がうなずいた。

彦四郎と川島は道場の脇に身を隠した。

3

彦四郎と川島が道場の脇に身を隠して半刻（一時間）ほど経ったろうか。道場の脇の小径を歩いてくる足音が聞こえた。

「誰か来ます」

川島が声を殺して言った。

「ふたりのようだ」

彦四郎は足音から人数を推しはかった。母家にいた門弟が、出てきたにちがいない。

「ひとりつかまえて話を聞いてみるか」

彦四郎が声をひそめて言うと、川島がうなずいた。

ふたりの男は道場の脇の小径から道場の前の通りに出ると、路傍に足をとめた。そして年上と思われる男が「また、明日な」と声をかけ、もうひとりの小柄な男から足早に離れた。どうやら、それぞれの住処は別の方向にあるらしい。

小柄な男は路傍に足をとめ、離れていく年上と思われる男を見送っていたが、ゆっくりとした足取りで歩きだした。都合よく、小柄な男は彦四郎と川島が身を隠している道場の脇へ近付いてきた。

「あの男から話を訊いてみよう。……俺が男の前に出る」

彦四郎が声をひそめて言った。

すると、川島が「それがしは後ろに」と言って身を乗り出した。

小柄な男は彦四郎と川島には気付かず、ふたりが身を隠している場所に近付いてくる。

彦四郎と川島は小柄な男がそばまで来ると通りに走り出た。彦四郎は男の前に、川島は後ろへ——。

小柄な男はふたりを目にすると、その場に立ちすくんだ。

男の前に立ち塞がった彦四郎は抜刀し、切っ先を男の胸元にむけると、

「命が惜しかったら俺たちについてこい。……なに、道場のことで訊きたいことがあるだけだ」

と穏やかな声で言い、切っ先を引いた。

小柄な男はほっとしたような顔をして肩を落とした。そして、半町ほど歩いたところで、「何を知りたいんです」と小声で訊いた。

「おぬし、道場の裏手の母家にいたようだが、門弟か」

彦四郎はそう訊き、刀を鞘に納めた。

「そうです」

男はすぐに答えた。

「道場主の林崎は母家にいたのか」

彦四郎が念を押すように訊いた。

「いません」

「林崎はどこへ行ったのだ」

「…………」

男は戸惑うような顔をして黙っていたが、「千坂道場です」と首をすくめて言った。

「なに！　千坂道場だと」

彦四郎の声が大きくなった。そして「は、林崎は、何しに行ったのだ！」と声をつまらせて訊いた。

「ど、道場主を討つために……」

男が声を震わせて言った。道場主と思われる男を目の前にして身が竦《すく》み、声が震えたらしい。

「門弟を連れていったのか」

さらに彦四郎が訊いた。

「四、五人……。様子を見て、道場に門弟が何人も残っているようだったら手を出さずに帰ると言って……」

「道場に踏み込むつもりだな！」

彦四郎の顔から血の気が引いた。道場を荒らされるのは仕方がないが、母家にいる里美とお花が襲われたら――。

彦四郎は傍らにいた川島に、

「道場に帰るぞ！」

と声をかけて、走りだした。

話を聞いていた川島もすぐに彦四郎の後を追った。林崎を襲うどころか、逆に林崎たちに道場の裏手にある母家を襲われるかもしれない。下手をすると女ふたりは斬り殺される。

彦四郎と川島は来た道を急ぎもどった。そして道場の近くまで来ると、表の板戸が一枚外されているのが見えた。どうやら、林崎たちはそこから道場内に踏み込んだらしい。

彦四郎と川島は外された戸の間から道場内に目をやった。人気はなく、静寂につつまれている。狭い土間の先の板敷きの稽古場にいくつもの足跡があった。林崎たちが踏み込んだ痕跡らしい。

「母家に行くぞ！」

彦四郎は道場の正面の師範座所の脇へ行き、閉まっている板戸を開けて外に飛び出した。川島が後につづく。

彦四郎には母家にいる里美とお花が林崎たちの手にかかり、命を落としたのではないかという恐れがあった。

彦四郎と川島は道場の裏手から母家の前の庭に出た。庭といっても狭く、わずかな庭木が植えられているだけである。

母家の表戸は閉まっていた。家のなかからかすかに物音が聞こえた。誰かいるらしい。

彦四郎は表戸を開けて「花！　里美！」と声をかけた。

すると、奥の座敷で「父上だ！」とお花の声がし、つづいて「父上が帰ってこられたのね」という里美のうわずった声が聞こえた。

そして障子を開ける音につづいて、戸口の板間にお花と里美が姿を見せた。

「ふたりとも、無事か！」

彦四郎が声を上げた。お花と里美に怪我をしている様子はなかった。

「は、はい。……い、家の奥までは入ってこなかったんです」

里美が声を震わせて言うと、

「父上、花は母上と一緒に奥の物置に隠れていたの。そしたら家に入ってきたお侍が、誰もいないぞ、と言って出ていったの」

お花の顔には得意そうな表情があった。彦四郎を見て恐怖や不安は払拭《ふっしょく》されたらしい。

「な、何人か、家に入ってきて部屋を覗いたけど……。は、花とわたしに気付かなかったようです」

里美の声はまだ震えていた。賊が入ってきたときの恐怖が残っているらしい。

「よかった。ふたりとも無事で……」

彦四郎はほっとした。踏み込んできたのは林崎たちに間違いないが、お花と里美に気付かず、そのまま母家を出たらしい。

彦四郎は戸口に立ったまま、

「二度とこんなことはさせないから、安心してくれ」

と、お花と里美に目をやって言った。

虚言ではなかった。彦四郎の胸の内には、いっときも早く林崎たちを討ち取り、二度と女子供に手を出すようなことはさせない、という強い思いがあった。

4

翌日、彦四郎と川島は門弟たちとの稽古を早めに切り上げ、午前中に岩本町にむかった。このままでは、さらに林崎たちに道場を襲われるだろうし、道場に通う門弟たちの身も守り切れないという思いがあったのだ。

道場をつづけていくためにも、林崎を討ち取って始末をつけるつもりだった。そのためにも林崎道場以外の居場所をつきとめねばならない。

彦四郎と川島は、まず岩本町にある道場か母家に林崎がいるかどうか確かめようと思った。近頃、林崎は道場にも母家にもいないことが多かった。潜伏先は道場とそれほど遠いところではないだろう。それに、道場に姿を見せる門弟のなかに林崎の潜伏先を知っている者がいるはずである。

彦四郎と川島は岩本町に入り、林崎道場が見えてくると、周囲に目を配りながら道場に近付いた。

道場の表戸は閉まっていた。ひっそりとして、道場内に人のいる気配はなかった。

「道場は閉じたままらしい」

彦四郎が言うと、川島がうなずいた。

「母家には誰かいるだろう」

彦四郎と川島はこれまで何度か道場の前まで来たことがあったが、道場内には人気がなく、道場の脇の小径の先にある母家に門弟たちがいることが多かった。ただ、林崎自身は母家にもいなかった。ちょうど林崎が母家を出たときに来たこともあったが、林崎は母家にもいないことが多いようだった。

「念のため、母家を覗いてみますか」

川島が言った。

「そうだな」

彦四郎が道場の脇にある小径にむかって歩きだしたとき、ふいにその足がとまった。

小径の先にふたりの武士の姿が見えたのだ。小袖に袴姿の若い武士である。おそらくふたりとも門弟であろう。母家から出てきたにちがいない。ふたりは何やら話しながら歩いてくる。

「あのふたりに訊いてみますか」

「そうしよう。母家に林崎がいるかどうか、ふたりに訊けば知れるだろう」

彦四郎は、母家に林崎はいないような気がした。ただ、林崎は留守でも行き先を訊くことはできる。

彦四郎と川島はふたりの武士が道場の脇から通りに出るのを待って足早に近付き、

「しばし、しばし」

と、彦四郎がふたりに声をかけた。

ふたりは足をとめて振り返った。ふたりとも彦四郎と川島を見て驚いたような顔をした。

「何か御用ですか」

年上と思われる大柄な武士が訊いた。

「道場の脇から出てきたのを見掛けたが、ふたりとも門弟かな」

彦四郎が笑みを浮かべて訊いた。千坂道場の者と知れないように、林崎の行き先を聞き出そうと思ったのだ。

「そうですが」

大柄が武士が言った。もうひとりの痩身の武士は探るような目で彦四郎と川島を見ている。

「もう何年も前の話だが、俺たちふたりは林崎どのの指南を受けたことがあってな。所用で近くを通ったので道場に寄ってみたのだが、林崎どのはいないようだ。……どこへ出掛けたか、ご存じかな」

彦四郎がもっともらしく訊いた。

「師匠なら蕎麦屋だと思いますよ」

痩身の武士が言った。すると、脇に立っていた大柄な武士は黙ってうなずいた。

「蕎麦屋ですか」

彦四郎が訊き直した。

「そうです。師匠は蕎麦がお好きでよく出掛けるんです」

「その蕎麦屋は近くにあるのかな」

彦四郎は、蕎麦を食べるために遠くまで出掛けないだろう、と思った。

「岩井町《いわいちよう》です」

痩身の武士が言った。

「岩井町のどの辺りです」

彦四郎は行ってみようと思った。岩井町は遠くなかった。林崎道場のある岩本町から、西にむかえばすぐである。

「岩井町に入ってすぐですよ。蕎麦屋の店の名は、確か、吉沢屋《よしざわや》だったな」

「吉沢屋か。……ともかく行ってみますよ。いなければ、蕎麦でも食べて帰ればいい」

彦四郎はそう言って、ふたりの武士と別れた。

彦四郎と川島は岩井町にむかった。町人地のつづく道を西にむかっていっとき歩いてから北に通じている道に入れば、すぐに岩井町に出られる。

岩井町に入り、彦四郎が通りかかった地元の住人らしい男に、吉沢屋がどこにあるか訊くと、

「吉沢屋ならすぐでさァ。そこに一膳めし屋がありやす。一膳めし屋の斜向かいにある店が吉沢屋でさァ」

男が通りの先を指差して言った。

「あの店か」

彦四郎は、一膳めし屋らしい店の斜向かいにある店屋に目をやった。店の入り口の掛看板に「蕎麦　吉沢屋」と記されているのが見えた。

「近付いてみよう」

彦四郎が川島に声をかけた。

ふたりは、吉沢屋の近くまで来て路傍に足をとめた。店内から話し声が聞こえた。客らしい。その言葉遣いから武士ではなく町人らしいことが知れた。

「林崎はいないのかな」

川島が言った。

「分からんな。お喋りしているのは町人らしい。林崎がひとりで来ているなら喋らずに一杯やっているだろう。……蕎麦を食べるのは飲んだ後だな」

「踏み込んでみますか」

「いや、その前に出てくる客をつかまえて、店内に武士がいるかどうか訊いてみよう」

彦四郎が言い、吉沢屋の斜向かいにある店の脇に身を寄せた。その店は表戸が閉めてあった。店の改築でもするために表戸が閉めてあるのか、それとも商売に行き詰まって店を閉じたのか――。

彦四郎と川島がその場に身を隠して半刻（一時間）ほど経ったろうか。吉沢屋の表戸が開いて、男がひとり出てきた。職人ふうの男である。男は一杯飲んだらしく、体がすこしふらついている。

「あの男に訊いてみます」

川島がそう言って男の後を追った。

川島は男に追いつくと声をかけ、ふたりで肩を並べて歩きだした。川島は林崎のことを訊いているようだ。

ふたりは話しながら一町ほど歩いた後、川島だけが足をとめた。そして小走りに彦四郎のもとにもどってきた。

「林崎はいたか」

すぐに彦四郎が訊いた。

「それが、林崎はいないそうです。男の話だと、半刻(一時間)ほど前に蕎麦屋を出たようです」

川島が肩を落として言った。

「またしても出た後か」

彦四郎が残念そうな顔をした。

「ただ、林崎は蕎麦屋を贔屓にしていて、一杯飲んだ後、蕎麦を食べて帰ることが多いそうです」

「いずれにしろ、吉沢屋を覗いてみれば林崎に行き合えるかもしれんのだな。……今日のところは帰ろう」

彦四郎は川島に声をかけた。

5

「道場の前で待っていてくれ」

彦四郎が道場を出る門弟たちに声をかけた。

彦四郎は稽古を終えた後、四人の門弟を新シ橋を渡った先まで送っていくつもりだった。

彦四郎と川島は着替えを終えて道場を出た。そして、戸口で待っていた四人の門弟と一緒に柳原通りに出て新シ橋にむかった。

「それらしい男はいませんね」

川島が柳原通りを行き来する人たちに目をやって言った。通りは様々な身分の老若男女が行き交っているが、林崎道場の者たちと思われる武士の姿はなかった。

「橋を渡った先は分からないぞ。……襲うとしたら渡った先かもしれん」

彦四郎が言うと、川島は表情を引き締めてうなずいた。そばにいた四人の門弟も緊張した面持ちで周囲に目を配っている。

彦四郎たちは新シ橋を渡り終えると、橋のたもとに足をとめて周囲に目をやった。

「不審な武士はいません」

川島が言った。近くにいた四人の門弟はほっとしたような顔をしてうなずき合っている。

「跡を尾けてきた者もいないようだ」

彦四郎はそう言った後、四人の門弟に顔をむけ、「ここから先で襲われるようなことはないだろう」と言い添えた。

すると、四人の門弟は彦四郎と川島に深々と頭を下げた。そして口々に礼を言ってから、その場を離れ、それぞれの屋敷にむかった。

四人の姿が遠ざかると彦四郎は「俺たちは、岩本町だ」、そう言って川島とともに新シ橋を渡って柳原通りに出た。彦四郎は門弟たちを送った後、岩本町にある林崎道場を探るつもりで来ていたのだ。

彦四郎と川島は柳原通りを西にむかい、武家屋敷の脇の道を通って岩本町に入った。いっとき歩くと林崎道場が見えてきた。

「表戸は閉まってます」

川島が言った。

「道場はしばらく閉まったままだろう」

彦四郎と川島は、このところ何度も道場のそばまで来たが、表戸が閉まったままで道場内に人がいることはなかった。

「いるとすれば、母家ですかね」

「そうみていいな」

彦四郎はそう言って道場の脇にある小径に足をむけた。

「行ってみますか」

「母家にいる者たちに気付かれないようにな。敵の人数によっては返り討ちに遭うぞ」

彦四郎が小声で言った。

彦四郎と川島は足音を忍ばせて母家の近くまで来た。母家もひっそりとしていた。人のいる気配がない。

「妙だな。道場にも母家にも門弟たちがいない……」

彦四郎は胸騒ぎがした。

「どうします」

川島が訊いた。不安そうな顔をしている。

「何かある!……もどろう」

彦四郎はすぐに踵を返し、来た道をもどり始めた。川島が慌てた様子で後からついてくる。

彦四郎と川島が小径から道場の前の道へ出たときだった。道場の板戸が一枚開いていて、そこから男たちが飛び出してきた。いずれも武士である。

「待ち伏せだ！」

彦四郎が叫んだ。

飛び出してきた武士は総勢六人。彦四郎と川島を取り囲むようにまわり込んだ。六人のなかに林崎の姿もあった。

「かかったな。ふたりともここが死に場所だ」

林崎が薄笑いを浮かべて言った。

「川島！　そこの柳を背にするぞ」

彦四郎が叫び、前に立っていた若い武士に抜き打ちで斬りつけた。若い武士は慌てて身を引いた。

彦四郎は若い武士の脇を擦り抜け、道場からすこし離れた路傍で枝葉を繁らせている柳にむかって走った。

彦四郎の後に川島がつづいた。川島の脇にいた武士の一人が後を追い、背後から斬りつけた。

ザクッと、川島の小袖が肩から背にかけて裂けた。露になった肌に血の線が走ったが、川島は走るのをやめなかった。深手ではないようだ。皮肉を浅く裂かれただけらしい。

彦四郎と川島は柳の陰にまわった。だが、そこで足をとめなかった。柳を背にして立っても、林崎たちに取り囲まれると逃げ場を失う。いずれ命を落とすとみたからである。

彦四郎と川島は柳の陰から出て路傍を走った。

「追え！　逃がすな」

林崎が声を上げた。

その声で、林崎につづいて五人の武士が彦四郎と川島の後を追った。

彦四郎と川島は一町ほど走ると息が切れてきた。両足がもつれ、転びそうになったが、足をとめなかった。

そのとき、川島が前方を指差し、

「あ、あの武士に助けてもらいます」

と、喘《あえ》ぎながら言った。

見ると、前方に供連れの武士の姿が見えた。旗本と思われる武士で供が十数人もいる。中間《ちゅうげん》と小者《こもの》の他に供の武士が七、八人いるようだ。

彦四郎と川島は懸命に走った。そして、供連れの武士の一行の脇まで来ると、

「お助けください！　後ろから来る者たちは盗賊の片割れです」

川島が声を上げた。そして彦四郎とともに、その場に足をとめた武士の一行の背後にまわり込んだ。

そこへ林崎たちが走り寄った。

「そこをどけ！」

若い武士のひとりが武士の一行にむかって叫んだ。

すると、旗本らしい武士が、

「ここは天下の大道。そのように抜き身を手にして走りまわるような場所ではござらぬ！」

と、語気を強くして言った。

「なに、斬り殺されてもいいのか！」

若い武士が向きになって言った。

それを聞いた旗本らしい武士の供の者たちが十人ほど、主人と思《おぼ》しき武士の前にまわり込み、刀の柄《つか》に手を添えて抜刀体勢をとった。

「お、俺たちに、歯向かうのか」

林崎が声をつまらせて言った。

「歯向かうも何も、われらの行く手を阻んでいるのはその方たちだ。前をあけなければ力ずくでも通るだけだ」

主人の武士が林崎たちを見据えて言った。

「な、なに……」

林崎は次の言葉が出なかった。思わぬ展開に戸惑っている。

そのとき、主人の武士が、

「そやつらに構うな」

と、供の者たちに声をかけた。

すると、武士の従者たちは主人の前後に立って歩きだした。彦四郎と川島は旗本らしい武士の後からついていく。

林崎たちは動かなかった。手を出すことができなかったのだ。その場につっ立ったまま、離れていく旗本らしい武士の一行の後についた彦四郎と川島に目をやっている。

彦四郎は通りの角をまがり、林崎たちの姿が見えなくなると、足をとめ、

「お助けいただき、ありがとうございます。われらを襲った者たちは、門を閉めた剣術道場に集まり、市中に出て通りがかりの者から金品を奪ったり、辻斬りをしたりしているのです。そのような者たちに取り囲まれ、あわやというときにお助けいただきました。この御恩は終生忘れませぬ」

と言って、川島とふたりで深々と頭を下げた。

「気を付けて帰られよ」

旗本らしい武士はそう声をかけ、供の者たちを従えてその場を離れた。

6

彦四郎と川島が林崎道場の前で襲われた三日後だった。

稽古を終えた後、彦四郎と川島は居残ったふたりの門弟とともに道場を出た。途中まで送っていくつもりだった。前に道場を出た門弟たちは、何人もが一緒だったので送らなかったのだ。

彦四郎たちが道場の戸口から出て歩き始めたときだった。先に道場を出た吉川《よしかわ》という門弟のひとりが慌てた様子でもどってきた。

彦四郎は吉川が近付くのを待って、

「どうした、吉川」

と訊いた。その場にいた川島とふたりの門弟も驚いたような顔をして吉川を見つめている。

「新シ橋の近くの柳の陰に胡乱《うろん》な武士が四人もいます。身を隠して何かを待っているようです」

と昂った声で言った。

「それで、先に帰った門弟たちは無事か」

すぐに彦四郎が訊いた。先に道場を出た門弟たちが、柳の陰に身を隠している男たちに襲われたのではないかと思ったのだ。

「無事に帰ったようです。四人の武士の近くには誰もいません」

吉川が言った。

「よかった。……だが、このままにはしておけぬ。吉川もそうだが、いつ門弟たちが武士たちのいる場を通りかかるか分からないからな」

彦四郎が言うと、

「相手は四人です。お師匠とそれがし、それにここにいる三人の手も借りれば四人を討つことができます」

川島が身を乗り出して言った。

「そうだな。四人とも討ち取るのは難しいが、ひとりを捕らえれば話を訊くことができるな」

彦四郎は、四人の武士は林崎一門の者にちがいないと思った。四人のうちひとりでも取り押さえて話を訊ければ、林崎の居所や他の門弟たちの動きも知れるはずだ。それに、四人のなかに林崎がいるかもしれない。

「行ってみよう」

彦四郎が言うと、川島と吉川がうなずいた。

彦四郎たち五人が道場から離れて歩き始めたときだった。ふいに先頭にいた吉川が足をとめ、

「向こうから柳の陰にいた武士たちが来ます！」

と、前方を指差して言った。

見ると通りの先に数人の武士の姿が見えた。足早に近付いてくる。

「林崎たちではないか！」

彦四郎が声を上げた。武士たちの先頭にいるのは、林崎らしい。それに四人ではなく五人いる。吉川が目にしたときは四人だったが、その後、林崎がくわわったのかもしれない。

「道場の方に来ます！」

吉川が叫んだ。

「やつら、この道場を襲う気ですよ」

川島の声は上擦っている。

「そのようだ。林崎たちは、門弟たちが道場から帰ったのを確かめてからここに踏み込んでくるつもりで、柳原通りで門弟たちが帰るのを見ていたのだ」

彦四郎が言った。

「ど、どうします」

吉川が声を詰まらせて訊いた。

「ここで迎え撃つしかない。俺たちが逃げたり隠れたりすれば、林崎たちは母家に踏み込む」

彦四郎は自分たちが逃げられたとしても、母家にいる里美とお花が犠牲になるかもしれないと思った。それに、敵は五人で味方も五人である。逃げなくても太刀打ちできる。

「来ます！　こっちへ」

吉川が叫んだ。

「俺と川島で林崎たちを迎え撃つ。吉川たちは、背後にまわろうとする者がいれば、そいつを食い止めてくれ」

彦四郎が指示した。道場の前の道はそれほど道幅がなかった。道の脇を通って背後にまわれない場を選べは、その場で食い止めることができるかもしれない。

彦四郎と川島は道場からすこし離れ、道の右手に表戸を閉めた民家があるところに立った。左手は丈の高い笹藪《ささやぶ》でおおわれている。

ただ、敵が笹藪のなかに踏み込めば彦四郎たちの背後に出ることができる。そうする者がいたら、吉川に食い止めてもらうのだ。

「いたぞ！　千坂たちだ」

林崎が声を上げて彦四郎たちを指差した。

すぐに林崎と門弟たちらしい男が四人、小走りに近付いてきた。いずれも紅潮した顔をしている。

彦四郎と川島はすこし道幅の広い場所に並んで立った。並んで立てば笹藪に踏み込まないかぎり背後にまわられることはない。

先頭に立った林崎が、彦四郎と川島から四、五間離れた場で足をとめた。後続の四人は林崎の背後にいる。

「ふたり、笹藪に踏み込んで千坂たちの後ろへまわれ！」

林崎が同行した門弟たちに指示した。

後続の四人のうちのふたりが笹藪のなかに踏み込もうとした。笹藪を通り抜けて、彦四郎と川島の背後に立つつもりらしい。

これを見た吉川が、

「あのふたりは何とか食い止めます！」

と、甲走った声で言った。

「笹藪のなかに踏み込むな！……出てきたところを狙え」

彦四郎が声をかけた。笹藪のなかで斬り合うのは危険だった。笹藪から出てきたところを狙って斬りつけた方がいい。それに、吉川が危ないようだったら、彦四郎か川島がすこし下がって対応することもできる。

7

「斬れ！」

林崎が声をかけた。

すると、彦四郎の前にいた長身の武士が甲高い気合を発していきなり斬りつけてきた。

踏み込みざま、真っ向へ――。

一瞬、彦四郎は左手に体を寄せざま、手にした刀を横に払った。素早い太刀捌きである。

長身の武士の切っ先は彦四郎の肩先をかすめて空を切り、彦四郎の切っ先は長身の武士の左袖を横に切り裂いた。

長身の武士はよろめいた。そして、足がとまると慌てて身を引いた。武士の左袖が裂け、露になった二の腕に血が流れ出ている。どうやら彦四郎の切っ先は武士の腕もとらえたらしい。

武士は恐怖で顔から血の気が引き、ふたたび刀を構えようとしなかった。身を震わせている。

これを見た林崎が、

「後ろにまわれ！」

と、叱咤《しった》するような声で叫んだ。

すると、林崎の脇にいた浅黒い顔をした武士が道の端に身を寄せ、彦四郎の脇を通って背後にまわろうとした。

「そうはさせぬ」

彦四郎が体を道端に寄せ、浅黒い顔の武士の行く手をはばんだ。

そのときだった。笹藪に踏み込むべく川島の脇にまわり込んでいた武士のひとりがいきなり、手にした刀を横に払った。

川島は咄嗟に身を引いて武士の切っ先を躱《かわ》すと、鋭い気合を発して斬り込んだ。

青眼から袈裟へ——。一瞬の太刀捌きである。

川島の切っ先が痩身の武士の右肩から胸にかけて小袖を斬り裂いた。

痩身の武士は左手によろめき、道端まで行って足がとまると、顔をしかめて手にした刀をふたたび青眼に構えた。だが、切っ先が震えている。

「かかってこい!」

川島が痩身の武士を睨んで声を上げた。

すると、痩身の武士は青眼に構えたまま慌てて後退り、川島との間合を四、五間もとった。逃げたのである。

川島は痩身の武士が逃げたのを見て彦四郎に目をやった。彦四郎は林崎と対峙していた。彦四郎の背後に浅黒い顔の武士がまわり込んでいる。

「助太刀いたす!」

川島が声を上げ、彦四郎の背後にまわり込んでいた浅黒い顔の武士に近付き、

「おまえの相手はそれがしだ！」

と声を上げ、切っ先を浅黒い顔の武士にむけた。

そのとき、彦四郎の近くで足音が響いたかと思いきや、浅黒い顔の武士が川島を無視して甲高い気合を発し、彦四郎の右手から振りかぶりざま袈裟に斬り込んできた。

咄嗟に彦四郎は左手に体を寄せた。浅黒い顔の武士の切っ先は彦四郎の右肩をかすめて空を切った。

浅黒い顔の武士は力余ってよろめいた。すかさず彦四郎は浅黒い顔の武士に体をむけ、刀身を横に払った。素早い太刀捌きである。

彦四郎の切っ先は浅黒い顔の武士の右袖を斬り裂いた。露になった右の二の腕から血が流れ出た。

浅黒い顔の武士は手にした刀を取り落とし、慌てて身を引いた。そして、彦四郎との間が開くと反転して逃げようとした。

「逃げると斬るぞ！」

彦四郎は踏み込み、浅黒い顔の武士の喉元に切っ先をむけた。素早い動きである。浅黒い顔の武士は逃げ場を失い、引きつったような顔をし、その場に立ったまま身を震わせている。

これを見た林崎は慌てて身を引き、

「引け！」

と、仲間たちに声をかけた。

そして林崎が走りだすと、笹藪のなかにいたもうひとりの武士も通りに飛び出して林崎の後を追った。

彦四郎と川島は逃げる林崎たち四人にはかまわず、喉元に切っ先をむけられ、その場に立ったままの浅黒い顔の武士に目をやった。

彦四郎は林崎たちの姿が遠ざかると、「名は？」と切っ先をむけたまま武士に訊いた。

武士は戸惑うような顔をしたが、

「柴山長太郎《しばやまちようたろう》……」

と、小声で名乗った。

「柴山は、林崎道場の門弟か」

彦四郎が訊いた。

「そうだ」

柴山は隠さず名乗った。

「林崎は千坂道場を襲うつもりだったのか」

彦四郎が念を押すように訊いた。

「門弟たちが帰った後、襲えば討てると言って……」

柴山は語尾を濁した。そばにいる道場主の彦四郎と師範代の川島の名を口にすることはできなかったのだろう。

「そうか」

彦四郎は柴山から身を引き、

「何かあったら訊いてくれ」

と、川島に目をやって言った。

「林崎は、どうあっても千坂さまやそれがしを斬るつもりなのか」

川島が語気を強くして訊いた。

柴山は戸惑うような顔をして口をつぐんでいたが、

「そのつもりらしい」

と、顔も上げずに小声で言った。

すると、返事を聞いた彦四郎が、

「なぜ千坂道場を目の敵にするのだ。しかも林崎は己だけでなく、門弟たちにまでこうやって危ない橋を渡らせているのだぞ」

と、柴山を睨むように見据えたまま訊いた。胸の内には林崎に対する強い怒りがあったのだ。

「くわしいことは知らないが、林崎さまは、千坂道場をつぶさないと俺の道場は開けない、と門弟たちに話している」

柴山が小声で言った。

「そうか……。やはり林崎は、千坂道場がつぶれれば門弟たちが己の道場に集まるとみているのだな……」

彦四郎が寂しげにつぶやいた。

すると、柴山はうなずいた後、

「お、俺を逃がしてくれ！　林崎道場とは縁を切る」

と、声をつまらせて言った。

彦四郎は何も言わず、傍らにいる川島に目をやった。

「逃がしてやりましょう。柴山は林崎道場にもどることはないと思います。柴山が林崎のことをわれらに話したことはすぐ林崎に知れます。いえ、もう気付いているはずです。下手に道場にもどれば柴山は殺されます」

川島が柴山を見つめて言った。柴山は蒼褪めた顔で身を震わせながらうなずいた。

「そうだな。逃がしてやろう」

彦四郎も、柴山が林崎道場にもどることはないとみた。それに、柴山を捕らえて自分の道場内にとどめておくことは難しいと思っていた。そうかといって、女子供のいる母家に監禁することもできない。

「柴山、千坂さまは同じ道場主でも林崎とはちがうだろう」

そう言って川島は柴山の腕をとり、立たせてやった。

柴山は立ち上がると、

「この御恩は忘れません。……いつか、千坂さまの門弟のひとりにくわえてください」

そう言って、あらためて彦四郎と川島に頭を下げてから足早にその場を後にした。

第六章　首魁斬り

1

「佐久間、岡崎、気をつけて帰れよ」

彦四郎がふたりに声をかけた。

ふたりは稽古を終えた後、自分の住む家が近いこともあって、残り稽古として竹刀の素振りと打ち込みを半刻（一時間）ほどつづけた。それで帰りが遅くなったのである。

「はい、途中、寄り道をせずに家に帰ります」

佐久間が言うと岡崎がうなずいた。ふたりは道場の戸口から離れ、足早に柳原通りの方へむかっていく。

佐久間と岡崎の姿が遠ざかると、彦四郎の脇で佐久間たちを見送っていた師範代の川島が、「道場へもどりますか」と彦四郎に声をかけた。

「そうだな」

彦四郎は踵を返して道場へ戻ろうとした。

「お、お待ちを！」

川島が声を上げた。

「どうした、川島」

彦四郎は振り返って川島に目をむけた。川島は身を乗り出すようにして通りの先に目をやっている。

「あのふたり、佐久間たちの跡を尾けているようです」

川島が通りの先を見つめながら言った。

「跡を尾けているだと」

彦四郎はあらためて通りの先に目をやった。

一町ほど離れた先に佐久間と岡崎の後ろ姿が見えた、さきほど見たときと変わらず、ふたりは柳原通りにむかって歩いていく。そのふたりとは別にふたりの武士の姿があった。ふたりとも小袖に袴姿で二刀を差し、佐久間たちの後ろから歩いていく。

「あのふたり、物陰に身を隠すようにして歩いています」

川島が言い添えた。

「そう見えるな」

彦四郎の目にも、佐久間たちの背後にいるふたりの武士は跡を尾けているように見えた。道沿いにある家や路傍で枝葉を繁らせている樹木の陰などに身を隠すようにして歩いていく。

「あのふたり、佐久間たちを襲うつもりでは……」

川島はそう言って彦四郎に目をやった。

「ふたりだけで佐久間たちを襲うことはないだろうが、仲間が柳原通りにいて襲うつもりかもしれん」

彦四郎は「ふたりの跡を追うぞ！」と言って道場から離れた。川島が彦四郎の背後につづく。

彦四郎と川島は走った。佐久間と岡崎が柳原通りに出ると、背後にいたふたりの武士は人通りに紛れて佐久間たちを追い越して前に出ていた。そして、先に神田川にかかる新シ橋を渡った。ふたりの武士は橋の先で身を隠して待ち伏せするつもりかもしれない。

彦四郎と川島は新シ橋を渡り始めたところで佐久間と岡崎に追いついた。

佐久間たちは橋上で足をとめて振り返った。

「お師匠、何かありましたか」

佐久間が驚いたような顔をして訊いた。脇に立っている岡崎も目を剝いて彦四郎と川島を見つめている。

「あるとすれば、これからだ」

彦四郎は新シ橋を渡った先に目をやった。先に橋を渡ったふたりの武士の姿がどこにもない。

「ふたりが、いないぞ！」

彦四郎が川島に目をやって言った。

「そこの一膳めし屋の脇に身を隠したようです。……後を追ってきたわれらに気付いたのかもしれません」

川島が堀沿いの道に面したところにある一膳めし屋を指差して言った。その店は橋のたもとから半町ほど離れた場所にある。

「そうか。気付いていないようなふりをして近付き、ふたりを捕らえるか」

彦四郎が小声で言うと、川島がうなずいた。佐久間と岡崎は戸惑うような顔をして彦四郎と川島を見つめている。

彦四郎は「佐久間と岡崎に、頼みがある」と言った後、「ふたりは何食わぬ顔をして堀沿いの道を歩き、一膳めし屋の先に出てくれ。俺と川島はふたりの後から行く」と言い添えた。

「挟み撃ちにするのですか」

佐久間が身を乗り出して訊いた。

「そのつもりだが……。いいか、佐久間と岡崎は身を隠している男に手を出すな。刀を抜いて構えるのはいいが、間合を狭めるなよ」

彦四郎は、下手にふたりの武士に手を出すと返り討ちに遭うと思ったのだ。

「はい！」

佐久間が応《こた》えると、岡崎もうなずいた。

ふたりは堀沿いの道を足早に歩いた。ふたりが一町ほど行ったところで、彦四郎と川島が歩きだした。一膳めし屋には目をむけず、取留めのないことを話しながら歩いていく。

先に行った佐久間と岡崎は、一膳めし屋から一町ほど歩いた先で足をとめた。そして、堀際で枝葉を繁らせていた柳の樹陰にまわって身を隠した。

後ろを行く彦四郎と川島は足早に歩いた。そして一膳めし屋の近くまで行くと、

「あそこだ！」と彦四郎が言い、ふたりの武士が身を隠している一膳めし屋の脇を指差した。

すると、一膳めし屋の脇に身を隠していたふたりの武士は慌てて店の脇から通りに出た。彦四郎と川島に気付かれているのを知って逃げようとしたらしい。

ふたりの武士は走りだした。これを見た彦四郎と川島も走ってふたりの後を追った。

ふたりの武士は一膳めし屋から半町ほど走ったところで足をとめた。前方に佐久間と岡崎が立ち塞がっているのを目にしたのだ。

ふたりの武士は前方の佐久間と岡崎だけでなく、振り返って後方の彦四郎と川島にも目をやった。

「おのれ！　挟み撃ちか」

叫びざま、大柄な武士が刀を抜いた。すると、そばにいたもうひとりの痩身の武士も、抜刀した。

2

彦四郎は抜刀すると刀身を峰に返した。峰打ちにしてふたりを生きたまま捕らえるつもりである。

川島も刀身を峰に返し、彦四郎につづいてふたりの武士の後を追った。

一方、佐久間と岡崎は刀を抜くと、峰には返さずに切っ先をふたりの武士にむけた。ただ、佐久間も岡崎も斬るつもりはない。この場は彦四郎と川島に任せ、自分たちはふたりの武士の足をとめればいいと思ったのだ。

「返り討ちにしてやる！」

大柄な武士が声を上げた。そして刀身を峰に返した彦四郎に体をむけた。彦四郎に斬る気がないと知って、恐れがなくなったらしい。

もうひとりの痩身の武士は佐久間と岡崎に体をむけたままである。

彦四郎は大柄な武士を前にし、間合を広くとって足をとめた。迂闊《うかつ》に斬撃《ざんげき》の間合に入ると大柄な武士に斬られる。

「どうした、怖くなったのか」

大柄な武士が揶揄《やゆ》するように言った。

「怖くはないが、斬られたくないからな」

彦四郎は薄く笑って、半歩近付いた。

刹那、青眼に構えていた大柄な武士の全身に斬撃の気がはしった。

トオッ！

という甲走った気合とともに大柄な武士が斬り込んできた。振りかぶりざま、真っ向へ——。

咄嗟に彦四郎は半歩右手に体を寄せた。一瞬の動きである。

大柄な武士の切っ先は彦四郎の左の肩先をかすめて空を切った。勢いあまった大柄な武士は二、三歩、前に泳いだ。そして足がとまると、反転して体を彦四郎にむけようとした。

「遅い！」

彦四郎は素早い動きで手にした刀の切っ先を大柄な武士の喉元にむけ、

「刀を捨てろ！　捨てなければこのまま喉を突き刺す」

と声を上げ、一歩近付いた。

「お、おのれ！」

大柄な武士は上体を後ろに反らし、手にした刀を下げた。体勢がくずれている。

彦四郎は大柄な武士に迫り、左手で大柄な武士の刀の柄を握って奪いとった。

一方、川島も痩身の武士の刀を奪い、そばにいた佐久間と岡崎の手を借り、男の手を後ろにとって細引で縛った。細引は川島が持っていたらしい。

「この男にも縄をかけてくれ」

彦四郎が声をかけた。

すると佐久間が大柄な武士の背後にまわり、両腕を後ろにとって手首を縛った。

大柄な武士は観念したのか、佐久間のなすがままになっている。

「おまえの名は」

彦四郎が大柄な武士に訊いた。

大柄な武士はすぐに口を開かなかったが、

「吉本政二郎《よしもとまさじろう》……」

と小声で名乗った。

もうひとりには川島が訊き、小杉安次郎《こすぎやすじろう》という名であることが知れた。

彦四郎たちはふたりから名を聞くと、道沿いで枝葉を繁らせていた椿の樹陰にふたりを連れていった。その場では通りの邪魔になる。それに、彦四郎たちにはふたりから訊いておきたいことが他にもあったのだ。

「吉本、小杉、おぬしらは門弟たちを襲う気で跡を尾けたのか」

彦四郎が訊いた。

ふたりは戸惑うような顔をして口をつぐんでいたが、

「そ、そうだ。門弟がひとりになって襲う機会があれば……」

と、吉本が声をつまらせて言った。脇にいた小杉は首をすくめるようにちいさくうなずいただけである。

「ふたりの考えだけで襲ったわけではあるまい」

彦四郎が訊くと、ふたりは首をすくめるようにうなずいた。

「誰の指図だ！」

彦四郎が語気を強くして訊いた。

吉本と小杉は口を開かなかった。ふたりは顔を見合わせ黙っている。

「口止めされているのだな」

彦四郎が訊いた。

「そうだ」

吉本がつぶやくと、小杉が首をすくめてうなずいた。

「口止めしたのは、林崎か」

彦四郎は林崎の名を口にした。

吉本と小杉は顔を見合った後、「そうだ」と吉本が小声で言った。小杉はうなずいただけである。

「林崎はなぜ千坂道場の門弟たちを狙うのだ。道場をつぶす気なら俺か師範代の川島を狙えばよかろう」

彦四郎は、林崎が自分や川島ではなく門弟たちを狙う真の理由を知りたかった。

「門弟を狙ったのは、道場をつぶすためだ」

吉本が言うと、脇にいた小杉がうなずいた。

「だから、道場をつぶすなら、なぜ俺か川島を狙わないのだ」

彦四郎が語気を強くして訊いた。脇にいた川島は口をつぐんだまま顔をしかめている。

吉本は言いにくそうな顔をして黙っていたが、

「……下手に千坂どのや川島どのに手を出すと返り討ちに遭う。それに、道場をつぶすためなら門弟たちを襲って道場に通えなくした方が、手っ取り早い……」

吉本が言うと、小杉がまたうなずいた。

彦四郎が顔をしかめて黙っていると、脇にいた川島が「それがしもよろしいですか」と小声で言った。

「訊いてくれ」

彦四郎は吉本の前から身を引いたが、川島はその場に立ったまま、

「林崎は、何ゆえ千坂道場を目の敵にするのだ。他にも剣術道場はあるだろう」

と、吉本を脇から見つめて訊いた。

「うちの道場がつぶれたのは近くにある千坂道場に門弟たちが流れたからだ。……

千坂道場をこのままにしておくと、うちの道場を開くことはできない」

　吉本が顔をしかめて言った。

「確かに、林崎道場の門弟だった者が千坂道場に入門したかもしれない。ただ、俺が噂を耳にしたところによると、林崎道場はまともに稽古もせず、道場を閉めたままではないのか。これでは、門弟たちが鞍替《くらが》えして千坂道場に通うようになるのも無理はない。……それに、どこの道場に通おうと門弟たちの自由だ」

　彦四郎が語気を強くして言った。

「…………」

　吉本と小杉は黙ったまま肩を落とした。ふたりとも彦四郎の話に思い当たることがあるのだろう。

　次に口を開く者がなく、その場が重苦しい沈黙につつまれたとき、

「俺も、林崎道場をやめる」

　と、吉本が小声で言った。

「俺も、やめる」

　すぐに小杉がつづけた。

「どこの道場に通おうと、ふたりの勝手だ」

彦四郎はそうつぶやいてうなずいた。

吉本と小杉は千坂道場に入門したいようなことを口にしたが、

「もうすこし待て。そのうち林崎道場との諍《いさか》いも終わるはずだ」

そう言って彦四郎はふたりを諭した。

彦四郎は、林崎道場の門弟がさらに千坂道場の門弟になれば林崎の怒りは増し、千坂道場をよりいっそう目の敵にするだろうと思った、その怒りの矛先が自分や川島だけにむけられるのならいいが、門弟たちにむけられるとしのびない。門弟たちには何の罪もないのだ。

彦四郎は吉本と小杉に「しばらく、林崎道場から離れているがいい」と小声で言い、ふたりと別れた。

3

「これで済むとは思えんな」

彦四郎が川島に目をやって言った。

ふたりは佐久間と岡崎と別れた後、道場にむかって歩いていた。今日はこのまま道場にもどるつもりだった。

「これからも、林崎は門弟だった男たちに指図して、千坂道場の門弟を襲うかもしれません」

川島が言った。

「そうだな。……やはり、林崎を討たねば始末はつかぬか」

彦四郎がいつになく険しい顔をして言った。

「それがしもそう見ています」

川島がうなずいた。

彦四郎はいっとき無言のまま前方を睨むように見据えて歩いていたが、

「林崎を討とう！」

と、語気を強くして言った。彦四郎の双眸が鋭いひかりを帯びている。

すぐに川島が表情をひきしめてうなずいた。

ふたりは黙したままいっとき歩いていたが、

「林崎道場を探りますか」

川島が訊いた。

「そうだな。明日にも林崎道場に行き、まず母家を探ってみよう」

彦四郎は、林崎道場は閉まったままなので林崎がいるとすれば母家だ、と思った。

母家にいなかったとしても門弟たちから話が聞けるだろう。

翌日、彦四郎と川島は、道場の稽古が終わり、門弟たちを送り出してから林崎道場のある岩本町にむかった。

彦四郎と川島は岩本町に入り、前方に林崎道場が見えてくると路傍に足をとめた。

「まだ表戸は閉まったままです」

川島が言った。道場の表戸は閉まっていた。

「誰もいないようだ」

道場はひっそりとして、物音も話し声も聞こえなかった。人のいる気配がない。

「母家ではないか」

彦四郎たちはこれまで何度か様子を探りに来たが、その大半が道場内に人気はなく、表戸は閉まったままだった。林崎や門弟たちがいるのは道場の脇の小径の先にある母家だろう。

彦四郎と川島は道場の脇まで来て足をとめた。

「母家を探ってみますか」

川島が訊いた。

「そのつもりで来たが、迂闊に探るわけにはいかない。門弟に気付かれ、母家に何人もいたら返り討ちだぞ」

彦四郎は、下手に仕掛けられない、と思った。

「また、母家から誰か出てくるのを待ちますか」

「そうだな」

彦四郎は、母家から門弟が出てくるのを待つしかない、と思った。これまでも母家に踏み込むのは避け、門弟が出てくるのを待って話を訊いていたのだ。

彦四郎と川島は道場の脇に身を隠し、話の聞けそうな門弟が出てくるのを待つことにした。

彦四郎と川島がその場に立って小半刻（三十分）ほど経ったろうか。母家に目をむけていた川島が「出てきた！」と身を乗り出して言った。

「門弟ではないぞ。下働きの男ではないか」

彦四郎が小声で言った。姿を見せたのは武士ではなかった。やや小太りの使用人らしい男である。

「年老いた使用人とは別の男のようです。訊いてみますか」

川島が男を見据えて言った。

「訊いてみよう。林崎がいるかどうか知っているはずだ」

彦四郎は、林崎道場の門弟だと言えば母家に林崎がいるかどうか訊けるし、門弟が何人いるかも知れるだろう、と思った。

彦四郎と川島は道場の脇の小径に立って、使用人らしい男が近付くのを待った。

そして、男が道場の前の通りに出てくると、彦四郎が足早に近付き、

「訊きたいことがある」

と声をかけた。川島は男の脇に立った。念のために逃げ道を塞いだのである。

「あっし、ですかい」

男は不安そうな顔をして訊いた。

「俺たちは三年ほど前まで道場の門弟だったのだ。近くを通りかかったので寄ってみたが、相変わらず道場は閉まったままだな」

彦四郎が門弟になりすまして言った。

「そのうち、道場は開くようで……」

男はそう言って道場に目をやった。

「近いうちに開くのか。それは、よかった。……ところで、林崎どのは母家におられるのかな」

彦四郎は林崎の居所を知りたかった。

「母家にはいねえ」

男が渋い顔をした。

「母家にはいないのか。道場にもいないようだし、どこへ出掛けておられるのだ」

「は、林崎さまは……」

男は声をつまらせて言った後、「情婦《いろ》のところへ」と、声をひそめて言い添えた。

「情婦《いろ》か。俺もたまには情婦のところへ出掛けるがな」

彦四郎は苦笑いを浮かべて言った後、「情婦《いろ》のいるところはどこかな」と小声で訊いた。

男は戸惑うような顔をして黙っていたが、彦四郎のことを門弟だった武士と思い込んだらしく、

「この道の先の柳橋に柳屋《やなぎや》という料理屋がありやす。近頃、そこの女将を贔屓にしていて、時々出掛けるんでさァ。あっしも一度林崎さまのお供をして、連れていってもらったことがありやす」

と、薄笑いを浮かべて言った。

「柳屋か。……久し振りに林崎どのと一杯やるかな」

彦四郎はそう言い残し、川島とともに男から離れた。彦四郎は、柳屋を知っていた。男が言ったとおり店は小柳町にある。二階にも客を入れる座敷があり、界隈では名の知れた料理屋だった。

4

彦四郎と川島は小柳町に入っていっとき歩いてから路傍に足をとめた。

「そこの二階建ての料理屋が柳屋だ」

彦四郎が道沿いにある店を指差して言った。

「客がいるようですね」

川島が斜向かいにある柳屋を見つめて言った。二階にある座敷から、客と思われる男の談笑や女中と思われる女の声が聞こえた。

「踏み込みますか」

川島が身を乗り出して言った。

「待て。店に林崎がいるかどうか確かめないとな。それに店に踏み込むと、女中や料理人なども騒ぎだし、収拾がつかなくなる。林崎にも逃げられるだろう」

彦四郎は店に踏み込むと、林崎を討つのは難しくなるとみた。

川島がうなずいた。川島も客のいる店に踏み込むのは無謀だと思ったらしい。

彦四郎と川島は、柳屋から半町ほど離れた路傍に足をとめた。その場で林崎が店から出てくるのを待つつもりだった。長丁場になるかもしれないが、林崎が柳屋に寝泊まりすることはないはずで、必ず出てくる。

彦四郎と川島が路傍に立って小半刻（三十分）ほど経ったとき、柳屋の出入り口の格子戸が開いて、商家の旦那ふうの男がふたり出てきた。それにつづいて店の女将らしい年増も姿を見せた。女将がふたりの客を見送るために店先まで出てきたようだ。

ふたりの客は、女将らしい年増と言葉をかわしてから、その場を離れた。女将はふたりの客を見送っていたが、いっときすると踵を返して店内にもどった。

ふたりの客は何やら話しながら柳屋から遠ざかっていく。

「あのふたりに店内の様子を訊いてきますよ。……林崎が店にいたかどうか分かるかもしれません」

川島はそう言い残し、ふたりの男の後を小走りに追った。

川島はふたりと話しながら半町ほど歩くと、ひとりだけ路傍に足をとめた。そしてふたりがその場から離れると、踵を返して彦四郎のそばに戻ってきた。

「店に林崎はいたか」

すぐに彦四郎が訊いた。

「ふたりの話だと、名は分からないが、店を贔屓にしているらしい武士がひとり、座敷で女将らしい女と話しているのを目にしたそうです」

「林崎とみていいいな」

彦四郎は、女将らしい女と話していたのは林崎に間違いない、と思った。

川島は無言でうなずいた。川島も林崎とみたようだ。

「どうします、踏み込みますか」

川島が訊いた。

「いや、店に踏み込むと騒ぎが大きくなる。それに、店内の様子を知っている林崎は俺たちが踏み込んできたと知れば座敷から姿を消すはずだ」

彦四郎は胸の内で、林崎は店の裏手から逃げるか、店の目立たない場所にあるはずの調理場や女中部屋などに身を隠すかもしれない、と思った。

「長丁場になるが、林崎が店から出てくるのを待とう。……いずれ出てくるはずだ」

彦四郎が言うと、川島がうなずいた。

それから一刻《いっとき》（二時間）ほど経ったが、店から出てきたのは町人らしい男だけで、武士は姿を見せなかった。

「林崎が柳屋に泊まるはずはないが……」

川島が首を傾げた。

「分からんぞ。店の裏手に離れでもあって、店が閉じるのを待ってから女将としけこむつもりかもしれん」

彦四郎が渋い顔をして言った。

それからさらに半刻（一時間）ほど経ったろうか。店の出入り口の格子戸が開いて、女将らしい年増につづいて武士がひとり姿を見せた。

「林崎だ！」

川島が身を乗り出して言った。

林崎は戸口に足をとめ、女将と何やら話していたが、「女将、また来る」と声をかけ、店先から離れた。

女将は戸口に立ったまま林崎の後ろ姿にしばらく目をやってから、踵を返して店内にもどった。

「それがしが林崎の前にまわり込みます」

そう言い残し、川島はその場を離れた。川島はできるだけ足音をたてないように走り、林崎の後を追っていく。

彦四郎も川島の後につづいた。前を行く林崎は振り返って背後を見ることもなく、ゆっくりと歩いていく。酔っているのか、体がふらついているようにも見えた。

川島は林崎の近くまで来ると、気付かれないように道際に身を寄せて走った。そして、林崎を追い越すと前にまわり込んだ。

林崎は前方に立ち塞がった川島を見て、驚いたような顔をして足をとめた。睨むように川島を見据えている。どうやら立ち塞がった男が千坂道場師範代の川島とは気付かなかったようだ。

だが、まもなく気付いたらしく、林崎は右手を刀の柄に添え、

「川島！　ひとりで俺と勝負するつもりか」

と、川島を見据えて声を上げた。

「それがしひとりで勝負してもいいがな。やっと居所をつかんだおぬしに逃げられたくないのだ。それに腕の立つお方が後ろにおられる」

川島が薄笑いを浮かべて言った。

「なに！　後ろだと」

林崎が振り返り、「千坂も一緒か！」と叫んだ。

彦四郎は無言のまま林崎の背後に迫った。右手を刀の柄に添え、いつでも抜刀できる体勢をとっている。

5

彦四郎は林崎から二間余の間合をとって足をとめ、ゆっくりと刀を抜いた。そして青眼に構え、切っ先を林崎にむけた。腰の据わった隙のない構えである。

林崎は「卑怯《ひきよう》だぞ！　ふたりがかりとは」と叫び、慌てて道沿いの枝葉を繁らせた樫の木を背にして立った。背後からの攻撃を避けるためだ。

彦四郎は抜き身を手にしたまま左手から林崎に迫った。一方、川島は右手から近付いていく。

彦四郎は林崎から二間ほどの間合をとって足をとめた。川島は三間ほどの間合をとっている。川島はこの場を彦四郎に任せ、自分は林崎の逃げ道を塞ごうとしたのだ。

「林崎！　俺が相手だ」

彦四郎が声をかけた。

「返り討ちにしてくれるわ！」

叫びざま、林崎は彦四郎に体をむけて八相に構えた。

彦四郎と林崎は間合を広くとって対峙した。彦四郎は青眼に、林崎は八相に構えている。

ふたりはすぐに仕掛けなかった。青眼と八相に構えたまま斬撃の気配を見せ、気《き》魄《はく》で攻め合っている。気攻《きぜ》めである。

どれほどの時間が経ったのか。ふたりは敵を気魄で攻めることに集中し、時間の意識はなかった。

そのとき、チチッという雀《すずめ》の鳴き声がし、樫の木の枝葉が揺れた。雀が飛んできて、枝にとまったのだ。

その樫の木の揺れが、彦四郎と林崎の気魄の攻め合いを破り、ふたりの全身に斬撃の気が走った。

タアッ！

トオッ！

ほぼ同時に、彦四郎と林崎が鋭い気合を発して斬り込んだ。

彦四郎は青眼から踏み込みざま真っ向へ——。

林崎はその場に立ったまま袈裟へ——。

真っ向と袈裟。ふたりの刀の先がそれぞれの眼前で合致した。カキッという金属音と同時に青い火花が散った。

次の瞬間、彦四郎と林崎は身を引きざま二の太刀をふるった。一瞬の太刀捌きである。

彦四郎は林崎の右腕を狙って突き込むように刀を振り下ろし、林崎は刀身を袈裟に払った。

彦四郎の切っ先は林崎の右の前腕をとらえ、林崎の切っ先は彦四郎の胸の前の空を切った。彦四郎は林崎の突き出した腕を狙ったため切っ先がとどいたが、林崎は彦四郎の胸のあたりを狙ったため、空を切ることになったのだ。

ふたりはふたたび間合を広くとって対峙した。彦四郎は青眼に、林崎は八相に構えた。

林崎の刀身が小刻みに震えている。斬られた右腕に力が入り過ぎているのだ。一方、彦四郎の青眼の構えには隙がなく、切っ先にはそのまま林崎の喉元にむかっていくような威圧感があった。

「林崎、刀を引け！　勝負あったぞ」

彦四郎が声をかけた。

「まだだ！」

叫びざま、林崎が斬り込んできた。

踏み込みざま、八相から袈裟へ――。だが唐突な仕掛けで、迅《はや》さも鋭さもなかった。

彦四郎は一歩身を引いて林崎の切っ先を躱すと、刀を袈裟に払った。一瞬の攻防である。

彦四郎の切っ先が林崎の肩から胸にかけて斬り裂いた。

林崎は呻き声を上げて前によろめいたが、足がとまると反転した。そして手にした刀を構えようとした。だが、刀身を上げることもできなかった。

「とどめを刺してくれる！」

彦四郎は声を上げ、切っ先で林崎の胸のあたりを突き刺した。

林崎はグッと喉のつまったような呻き声を上げて、その場につっ立ち、手にした刀を足元に落とした。

「林崎、これまでだ」

彦四郎は手にした刀を引いた。

刀身が林崎の胸のあたりから抜け、真っ赤な血が噴き出した。どうやら切っ先が心臓を突き刺したようだ。

林崎は血を撒《ま》き散らしながらよろめき、足が止まると崩れるように倒れた。そして地面に仰向けになった。

彦四郎は血のついた刀を手にしたまま倒れている林崎に近付いた。すると、離れた場所にいた川島が林崎のそばに来て、

「さすが、千坂さまだ！　見事、林崎をしとめました」

と、感嘆の声を上げた。

「いや、林崎は酔っていたのだ。……まともにやり合っていたら、こうして地面に横たわっているのは俺だったかもしれん」

彦四郎が横たわっている林崎を見つめて言った。

川島はいっとき無言で林崎に目をやっていたが、

「いえ、千坂さまの剣が勝《まさ》っていました。それに、こうして酒に酔い、敵がいるかもしれない場に出てくるのは、心の内に隙があるからです。それも腕のうちです」

と、きっぱりと言った。

「剣の腕かどうかは別にして、林崎の胸の内に隙があったのは確かだ。林崎は俺たちが小柳町まで来て待ち伏せしているとは思わず、酔ったままひとりで店から出てきたのだからな」

彦四郎はつぶやくような声で言った後、川島に目をむけ、

「手を貸してくれ。通りの邪魔にならないように、林崎を道端まで運んでおこう」

と、声をかけた。

「承知しました」

すぐに、川島は仰向けに倒れている林崎の頭側にまわり込み、両脇に手を入れた。

彦四郎は林崎の足元に立って両足首のあたりをとった。そして川島とふたりで、林崎の死体を道端まで運んだ。

「後は、林崎道場の門弟たちに任せよう」

彦四郎はそう言って川島に目をやった。彦四郎の顔には大敵を討ち取った後の安堵の色がある。

「門弟たちがどう動くか分かりませんが、これで林崎道場も閉じることになるはずです」

川島がめずらしく語気を強くして言った。

6

「父上、剣術の稽古をしましょう！」

お花が彦四郎の袖をつかんで引っ張った。

彦四郎とお花がいるのは道場の裏手にある母家の座敷だった。彦四郎は道場で門弟たちとの稽古を終えた後、一休みするため母家の座敷で横になっていたのだ。

彦四郎は身を起こし、

「俺は、稽古を終えてもどったところだぞ」

と、苦笑いを浮かべて言った。

　すると、お花のそばにいた里美が、

「花、今は駄目ですよ。父上は稽古を終えて道場からもどられたばかりで疲れておられるのです」

　と、窘めるように言った。

「だって、ずっと父上と稽古をしなかったのだもの」

　お花が頰《ほお》を膨らませて言った。

　彦四郎は立ち上がり、

「久し振りに花と一勝負するか」

　と、笑みを浮かべて言った。

「父上、勝負！」

　お花が彦四郎の腕をつかんで引っ張った。

　そばでふたりのやりとりを聞いていた里美が、

「仕方ない子ねえ」

　と言ってお花のそばに来た。そして「花、襷《たすき》をかけましょうか」と小声で言った。

　里美は、お花の袖が邪魔になって自在に木刀をふるえないことを知っていたのだ。

な喜びようである。
　お花は嬉しそうな顔をして里美の前に立った。欲しかった玩具《おもちゃ》でも手にしたよう
な喜びようである。
　里美は、お花のそばにあった細紐を手にして襷をかけてやった。手際がいい。里
美はお花に襷をかけてやることが多かったのだ。
　彦四郎はお花と里美につづいて座敷から出た。座敷の隅に置いてあった木刀を手
にしている。
　彦四郎は庭に出てお花と対峙すると、手にした木刀を青眼に構えた後、
「花、さァこい！」
と、声をかけた。そして木刀の先をお花の左手にむけた。お花に打ち込ませるよ
うに正面をあけたのだ。
　お花はすぐに反応し、「面！」と声を発し、打ち込んできた。
　踏み込みざま木刀を振り上げ、彦四郎の面に――。
　彦四郎は身を引いて、お花の木刀を躱さず、手にした木刀を上げて受けた。そし
てお花と体を寄せ合うと、

「花、見事な面だ！」

そう言って褒めた後、素早く身を引いてお花との間合を広くとった。

「花、もう一手！」

彦四郎はそう声をかけると、今度は突きと見せて両腕を前に突き出し、小手に隙を見せた。

お花はすぐに反応した。前に突き出された彦四郎の木刀の右手にまわって、小手に打ち込んだ。すると彦四郎は身を引いて花の木刀を躱し、

「花、今の小手、もうすこしで一本だぞ」

と言って、木刀を青眼に構えた。

お花と彦四郎の稽古は、お花が打ち手で彦四郎が受け手と言っていいかもしれない。彦四郎にとってお花は遊び相手だが、お花は真剣である。ただ、彦四郎の胸の内には、こうした遊びがお花に懐剣の使い方を覚えさせ、いざというとき己の身を守ることになる、という読みがあった。

お花と彦四郎の稽古が半刻（一時間）ほどつづいたとき、背後から近付いてくる数人の足音が聞こえた。

見ると、師範代の川島と三人の門弟が道場の脇の小径を通って彦四郎たちのいる庭に足早に近付いてくる。

「花、稽古はこれまでだ」

彦四郎は手にした木刀を下げ、川島たち四人に目をやった。

お花は木刀を手にしたまま戸口の前にいた里美のそばへ行き、川島たちに目をむけた。女ふたりは、川島や門弟たちが何をしに母家に来たのか気になったにちがいない。

「お師匠、剣術の稽古ですか」

川島が訊いた。三人の門弟は彦四郎だけでなくお花と里美にも目をやっている。

「いや、遊び相手だ」

彦四郎は苦笑いを浮かべて言った後、「何かあったのか」と門弟たちにも目をやって訊いた。

「いえ、これといったことは……。道場から出た後、母家の方で気合や木刀を打ち合う音が聞こえたので、何かあったのかと思い来てみました」

川島が言うと、一緒に来た三人の門弟が笑みを浮かべてうなずいた。

「さすが、お師匠の娘さんです。まだ幼いのに、木刀の構えにも隙がありません」

三人の門弟のなかでは年長の男がお花に顔をむけて言った。すると他のふたりも感心したような顔をしてうなずいた。

「おい、おだてるな。花がその気になるぞ」

彦四郎は、戸口の前にいるお花と里美に目をやって言った。

里美はあらためて門弟たちに頭を下げたが、お花は何も言わず門弟たちを見つめている。

彦四郎は川島と三人の門弟に目をやり、

「どうだ、道場にもどって竹刀の素振りでもやらないか。俺も娘の相手をしていたら、いま一度素振りや打ち込みをやってみたくなった」

と声をかけた。彦四郎は己の稽古のために竹刀を使ってみたくなったのだ。

「道場にもどって、もうすこし汗をかきましょう」

川島が言うと、すぐに三人の門弟がうなずいた。

彦四郎はお花と里美に目をやり、

「聞いたとおりだ。俺たちは道場で稽古をつづける。花は、ここで稽古をつづけてもいいが、無理はするな」

と、声をかけた。

彦四郎は川島と三人の門弟と一緒に道場にむかった。

彦四郎は胸の内で「林崎たちとの争いは終わった。……元の道場にもどったようだ」と安堵していた。

彦四郎は胸が弾み、門弟たちとの稽古が何ものにも代え難いものに思われた。そして、俺もお花と変わりないな、と心の中でつぶやいた。

この作品は書き下ろしです。

新《しん》・剣客春秋《けんかくしゅんじゅう》

吠《ほ》える剣狼《けんろう》

鳥羽亮《とばりょう》

令和4年6月10日　初版発行

発行人――石原正康
編集人――高部真人
発行所――株式会社幻冬舎
〒151-0051東京都渋谷区千駄ヶ谷4-9-7
電話　03(5411)6222(営業)
　　　03(5411)6211(編集)
公式HP　https://www.gentosha.co.jp/
印刷・製本―図書印刷株式会社
装丁者――高橋雅之

幻冬舎時代小説文庫

ISBN978-4-344-43202-4　C0193　と-2-45

この本に関するご意見・ご感想は、下記アンケートフォームからお寄せください。
https://www.gentosha.co.jp/e/